「なら、他の色のインクも作れそうよね！」
Magi
トップ生産職のひとりで武器職人。
その閃きによってタトゥーシールの性能を向上させる。

「まだアイテムを選別してなかったのにぃ！」

「ぺふっ……」
ユン Yun
アトリエールを経営する【生産職】。
ミュウたちの倒したスライムの破裂から
逃げ遅れた結果……
Only Sense Online
オンリーセンス・オンライン 22

「この構造なら、羽根ペンなら作れると思うよ」
「やはりな。思った通り、タトゥーの性能が上がったな」
クロード Cloude
革と布を主に扱う裁縫師。
検証と改良によって
タトゥーシールの性能を向上させる。
リーリー Lyly
一流の木工技師。即席で羽根ペンを作ることで
タトゥーシールの性能を向上させる。

Only Sense Online 22

—オンリーセンス・オンライン—

アロハ座長

ファンタジア文庫

3276

口絵・本文イラスト　ｍｍｕ
キャラクター原案　ゆきさん

Only Sense Online

準備期間とバトルロイヤル

Only Sense Online
オンリーセンス・オンライン 22

Only Sense Online Area M
廃村
恐竜平原
桃藤花の樹
飛竜山脈
ホリア洞窟
クリス洞窟
第二の町
暗い森
墓地
湖
海
孤島

火山
北の町
高原&グランドロック
鉱山
山脈
第三の町
第一の町
小さな泉
湿地
迷宮街
荒野
N
砂漠

ユン Yun

最高の不遇武器【弓】を選んでしまった初心者プレイヤー。見習い生産職として、付加魔法やアイテム生産の可能性に気づき始め——

ミュウ Myu

ユンのリアル妹。片手剣と白魔法を使いこなす聖騎士《パラディン》で超前衛型。β版では伝説になるほどのチート級プレイヤー

マギ Magi

トップ生産職のひとりとしてプレイヤーたちの中でも有名な武器職人。ユンの頼れる先輩としてアドバイスをくれる

セイ Sei

ユンのリアル姉。β版からプレイしている最強クラスの魔法使い。水属性を主に操り、あらゆる等級の魔法を使いこなす

タク Taku

ユンをOSOに誘った張本人。片手剣を使い軽鎧を装備する剣士。攻略に突き進むガチプレイヤー

クロード Cloude

裁縫師。トップ生産職のひとりで、衣服系の装備店の店主。ユンやマギのオリジナル装備クロード《C》・シリーズ《S》を手がけている

リーリー Lyly

トップ生産職のひとりで、一流の木工技師。杖や弓などの手製の装備は多くのプレイヤーから人気を集める

序章　装備強化とインフレ

その日、ＯＳＯにログインした俺たちは、マギさんのお店である【オープン・セサミ】に集まっていた。

店舗の奥に集まったのは、俺を含めてマギさん、クロード、リーリーのいつもの生産職の面々だ。

カラクリ魔導人形のルフがお茶を淹《い》れ、クロードが持ち込んだお菓子が並ぶお茶会では、互いの生産の成果を発表している。

だが、この日は少しだけ様子が異なっていた。

「そろそろ、時間だな」

「来月のイベントの事前告知かぁ……もうそんなになるのねぇ」

クロードがメニューで時間を確かめ、マギさんもしみじみと呟《つぶや》く。

現在は、11月――ＯＳＯ１周年の夏イベントから時が経《た》ち、もう12月の冬イベントも間近である。

「ユンっち、今年の冬イベントも楽しみだね！」

「ああ、今度はなにをやるんだろうな」

ＯＳＯ運営から告知される情報が公開されるのを今か今かと待っていると、インフォメーションに、【12月の冬イベントのお知らせ】が追加される。

「おっ、情報が公開されたみたい！　次のイベントは、夏イベントであったクエストチップイベントを復刻するのかぁ」

来月12月上旬から始まる冬イベントでは、二つのイベントが同時並行で行《おこ》なわれる。

その一つが、クエストチップイベントの復刻開催らしい。

クエストを達成することで副報酬として、金銀銅の三種類のクエストチップが手に入り、それを集めてレアアイテムと交換するイベントだ。

「ふむ。内容は、前回のクエストチップの持ち越し可能とバランス調整か」

クロードも情報を確認し、顎に手を当てながら呟く。

1周年イベントの時も告知されていたが、クエストチップの持ち越しが可能なことが書かれている。

新規アイテムの追加はないが、交換可能なアイテムリストの交換レートの調整やクエストで得られるクエストチップの枚数調整などが入ることが明記されていた。

「バランス調整かぁ……あっ！　このアイテム、前は銀チップ50枚だったのに75枚に上がってる⁉」

マギさんは、目を付けていたアイテムの交換レートが変更され、前回の時に無理して交換しておけば、と落胆している。

「マギっち、ドンマイ！　それにクエストチップが調整されるってことは、前回効率が良かったクエストも報酬が絞られるかもねぇ」

「逆に、不人気だったクエストの報酬を増やされたりするかもな」

リーリーはマギさんを宥《なだ》めながら、復刻されるイベントがどのように変わるのか楽しそうに想像して、クロードも調整で起こりそうなことを口にする。

そんな三者三様な反応に苦笑を浮かべつつ、開催予定のクエストチップイベントの項目を眺めながら呟く。

「またイベントが復刻してくれるのは嬉《うれ》しいけど、前回と比べて目新しさはないんだよなぁ」

クエストチップイベントは、去年の冬イベ、1周年の夏イベと過去に2回開催されて、その度にブラッシュアップが繰り返されてきた。

その度にアイテムを交換してきた俺に対して、クロードが別の視点を投げ掛けてくれる。

「ＯＳＯの運営目線で考えるならこのイベントは、新規プレイヤーや前回から引き続き楽しみたいプレイヤー向けのイベントだからな」

クロードが言うには、チップの持ち越しが可能なことからクエストチップイベントは、今後も定期的な開催が予定されているイベントなのだろう。

そのために、後発プレイヤーでも追いつけるように毎回は変化を付けないのだろう。

もし大きな変化があるとすれば、ＯＳＯが2周年などのタイミングで交換リストに新たなアイテムを追加したりするのを予想している。

「身も蓋もないことを言えば、運営だって開発リソースは限られている。イベントを使い回して盛り上がるなら、それに越したことはないからな」

「ホント、身も蓋もないなぁ……」

「クロっち、メタいメタい」

俺はクロードにジト目を向け、リーリーもツッコミを入れる。

マギさんは、そんな俺たちのやり取りにクスクスと笑っている。

「まぁ、前回で欲しいアイテムを手に入れたから、今回のクエストチップイベントは片手間でいいかなぁ……他には、五悪魔のダンジョンが恒常化かぁ。懐《なつ》かしい」

次に目を通したのは、去年の冬イベントの緊急クエストとしてサプライズ実装された五悪魔のダンジョンについてだ。

五悪魔のダンジョンは、去年の冬イベント終了1週間前に悪魔たちがサンタクロースから奪った大事な物で作った、コンセプトの異なる五つのダンジョンが登場したのだ。

そのダンジョンが今度の冬イベと同時に、迷宮街にあるスターゲートからの転移先として恒常実装されるようだ。

「ホント、懐かしいわねぇ。あの時は、戦力的に弱かったから私たちは挑まなかったのよね」

「ユンっちだけがミュウっちたちと一緒に、道のダンジョンを爆走してたんだっけ？」

もう一年近く前のことで懐かしいわねー、などとマギさんとリーリーが言うので、俺は少し恥ずかしくなった。

「なんか、恒常化されるに合わせて難易度も調整されるみたい。前の浮遊島の時と同じだね！」

「期間限定のイベントやクエスト、ダンジョンを実装して、それを時間を置いて、恒常化しているわよねぇ」

キャンプイベントの舞台となった浮遊島や妖精クエストは、元々が期間限定のイベントやクエストだった。

それらは、時間を置いて少しずつ恒常化されてきた。

それを思うと、そろそろ何らかの期間限定のエリアやクエストが来てもいいかもと思い、その予想は的中する。

「えっと、最後は――様々な冬のアップデートに加えて、期間限定のエリアを実装予定。その情報の詳細は、イベント当日に改めて告知かぁ」

復刻イベントとイベントダンジョンの恒常化だけではなく、新規のコンテンツも冬イベントに用意してくれているようだ。

新規アップデートや期間限定エリアの告知があるだけで詳細は書かれていないが、それはイベント当日のお楽しみだろう。

「さて、来月のイベントの告知も確認したところで、三人はイベントに向けての準備は進んでいるか？」

告知内容を確認し終えたところで、クロードが俺たちに尋ねてくる。

「私は、装備の準備は終わっているわよ。って言っても、装備の細かな改良はあっても装備の上限は変わってないいんだよねぇ」

「中々、アダマンタイトクラスより上の素材は見つからないからねぇ」

現在のＯＳＯの最高レベルの装備はアダマンタイトクラスの素材か、それより一段武器の基礎ステータスは下がるが属性を持つミスリル合金系が主流である。

生産時に使用する素材の組み合わせや、追加効果の組み合わせなどにより、細かな強さを突き詰めることはできるが、使うメイン素材である程度の上限は決まってしまう。

「あっ、でも砂漠エリアで見つかった砥石《といし》を使えば、斬撃系と刺突系武器の攻撃力が少し上がったわ」

「へぇ、俺の弓矢の矢尻も砥石で研げば、攻撃力が上がるのかな？」

「その点はバッチリ検証済みよ！　消費アイテム系の武器でもステータスは向上するわ」

イベントに向けての強化の話の中で、さらりと重要なことを口にするマギさん。

俺の弓矢や投げナイフなども砥石で少しだけ攻撃力は上がるが、研ぐ手間を考えるとあまり効率は良くないそうだ。

ただ、総金属製の隕星鋼《いんせいこう》の矢を何本か研いで、性能を底上げしようかと思っている。

「それで、ユンくんの方は、強化は進んでるの？」

「うーん、俺は強化らしい強化はまだしてないかなぁ。あっ、でも、ガンフー師匠との一騎打ちで装備容量を一つ増やしたんですよ」

「おー、ユンっち凄《すご》い！　僕もまだの難しいソロクエストをクリアしたんだ！」

おめでとう！　とリーリーから真《ま》っ直《す》ぐに祝福されて、少し照れくさくて笑う。

その中で、マギさんと同じようにアイテムを使ったことを思い出す。

「そうだ。ガンフー師匠との一騎打ちの前に、【完全蘇生《そせい》薬】と【神秘の黒鉱油】から精製した攻撃アイテムができたんだった」

俺は、お茶会のテーブルの上に【完全蘇生薬】と【神秘の黒鉱油】を加工したアイテムを取り出していく。

【神秘の黒鉱油】の派生アイテムには、中間素材の【太陽神の落涙】と【破壊神の息吹《いぶき》】。加工時の残留物として残った【暗黒神の歴青油】。

そして、攻撃用アイテムの【ニトロポーション】とそれを弓矢と合成した榴弾矢《りゅうだんや》と数が多い。

「ユンくん、【完全蘇生薬】の完成おめでとう！　早速【アトリエール】で売り出していたわよね」

「はい。ただ適正価格が分からないから、50万Gから少しずつ値下げしながら探っているところです」

「私のところでも委託販売するだろうし、来るお客さんからアンケート取って適正価格を調べようか？」

マギさんが目を輝かせながら【完全蘇生薬】を手に取り、適正価格について相談する。

他にも、【完全蘇生薬】に関連する話として、妖精NPC《ノン・プレイヤー・キャラクター》の案内で復興した妖《よう》精郷《せいきょう》に訪れることができたことを話す。

蘇生薬の制限解除素材となる【妖精の鱗粉《りんぷん》】は、妖精NPCたちが自然と落とす他にも、妖精郷《ようせいきょう》のショップでも購入できたことを説明する。

「へぇ、そうだったのね。今度、うちの火妖精の子と一緒に行こうかしら？」

マギさんにそんな話をする一方、クロードは、【ニトロポーション】とその精製途中で生まれた【太陽神の落涙】と【破壊神の息吹】を見比べて効果について聞いてくる。

「新しい攻撃アイテムもできたのか。後で威力を確かめさせてもらっていいか？　それと、この途中で生成された中間素材には、どのような効果や違いがあるんだ？」

「この【ニトロポーション】は、アイテムのステータス上は威力が高いけど、アイテムのダメージ制限に引っかかりやすいんだ。あと他二つのアイテムは……うーん、燃え方の違いかな？　ごめん、上手《うま》く説明できない」

「まぁ、実際に使ってみて確かめるとしよう」

クロードは、手に取ったニトロポーションの瓶の中の液体を揺らしながら思案する。

ポーション瓶が割れない限りは、爆発しないと分かっているが、クロードの仕草にはヒヤッとさせられる。

「ユンっち？　こっちのドロドロしたやつも攻撃アイテム？」

「ああ、そっちの【暗黒神の瀝青油】は、耐水性のある接着剤や木材の塗料に使えそうなアイテムなんだ。ただ、可燃性素材が基だから、逆に火属性の攻撃には弱くなるかも」

そんな俺に今度は、リーリーからも質問が飛んできて分かる範囲で答える。

「サンプルに少し貰《もら》ってもいい？　後でデータ渡すから」

「ありがとう。俺も効果を調べたいけど、中々そこまで手が回らないから助かるよ」

そうしてマギさんたちとも蘇生薬やニトロポーションなどの生産の成果で盛り上がる中、マギさんが聞いてくる。

「ねぇ、ユンくん。後で【完全蘇生薬】とニトロポーションを売ってくれる？　1本50万Gの値段でいいから」

「俺は、【完全蘇生薬】とニトロポーションを含む中間素材も20本ずつ買わせてもらおう」

「あっ、ユンっち、僕も僕も！」

マギさんを皮切りに、クロードとリーリーも【完全蘇生薬】の注文をしてくる。

「いいけど、高くない？　それにニトロポーションも値段決まってないし」

【完全蘇生薬】は50万Gと高いし、ニトロポーションも自分用に使っていただけなので、まだ値段は決まっていないのだ。

俺がおずおずと聞き返すと、マギさんたちはニヤリと楽しそうな笑みを浮かべている。

「それくらいは、大した痛手にならないほど稼いでいるから大丈夫よ！」

マギさんがそう言うと、クロードもリーリーもその通りだと頷《うなず》く。

「それじゃあ――渡していきますね」

ガンフー師匠との一騎打ちで大量に作った中からマギさんたちに売り、値段の決まっていないニトロポーションも含めて三人から5000万Gほど受け取ることになるのだった。

●

「5000万Gかぁ。なんか、凄く大金持ちになった気分だなぁ」

ニヤニヤしそうになる顔を抑えながら、メニュー画面に表示された金額を眺めていれば、マギさんたちから生暖かな視線が向けられる。

「ユンくんだって、【アトリエール】で結構稼いでいるでしょ？」

「まぁ、そうですけど……必要以上には持ち歩かない主義だから……」

【アトリエール】にいる店員NPCのキョウコさんに預けておけば、無駄遣いせずに済む。

また、必要な消耗品の多くは【アトリエール】内の畑で栽培可能な物が多いので、お金を消費せず、ゲーム内通貨が貯《た》まる一方である。

「そうだなぁ。お金があるなら、【エキスパンション・キット】とかを買って装備の強化をしてもいいかもなぁ」

「それなら、生産ギルドのオークションや値札競売で売っているぞ。装備のスロット拡張を終えて、不要になった上位プレイヤーが売り出し始めている」

クロードが言うには、第一段階しか追加効果のスロットを拡張できない【エキスパンション・キットⅠ】は余り始めているようだ。

「それじゃあ、買っちゃおうかなぁ。結構、お金を貯めてきたし、1億Gくらいなら余裕で買えるぞ」

クロードの言葉に俺は食いつき、今まで貯めてきたお金を使って【エキスパンション・キット】を手に入れて、どんな追加効果を付与しようかと期待する。

だが、クロードの次の言葉で、その期待は砕かれた。

「確か、今の平均相場は――15億Gだったな」

「ぶはっ⁉　じゅ、15億⁉　高っ！」

思わず吹き出してしまった俺とは対照的に、マギさんとリーリーは妥当だよねぇ、と言う風に頷いている。

15億

「これは先週の相場でイベント告知があった後だからなぁ。同じようにイベントに向けての装備強化をするプレイヤーたちが求めるとなると、更に上がるだろうな」

「えっ、マジで……」

それで買うか？　とクロードが視線で聞いてくるので俺は、首をブンブンと横に振る。

「買えないことはないけど、高過ぎ！　2個買うだけで俺の蓄えのほとんどが消し飛ぶって……」

今後の相場の上昇によっては、1個買うことさえもできないかもしれない。

楽に装備の強化はしたいけど、それをするのも楽じゃないと肩を落とすと、マギさんとリーリーに宥《なだ》められる。

「でも、なんでそんなに高くなっちゃったんだろうね。転売ギルドとかも関わらずにその値段だし」

「アイテムの供給数が少ないって言っても、極端よね」

リーリーが不思議そうに首を傾《かし》げて、マギさんも呆《あき》れ気味に呟《つぶや》く中で、クロードがその理由を説明してくれる。

「理由としては、ゲーム内通貨のインフレだな」

「ゲーム内通貨のインフレ？」

俺が聞き返せば、クロードは深く頷く。

「うむ。プレイヤーたちは、クエストを受けたり、入手したアイテムをNPCに売れば、お金を貰える。そうして生み出されたお金はゲーム内の様々なやり取りで使われるが、徐々にゲーム内にお金が溢《あふ》れているんだ」

「お金が、溢れる……」

湯水のように湧き出る金貨を想像して呟くが、ある意味NPCにアイテムを売りつける行為は、無からお金を生み出しているようなものだと思い付く。

「そうして生み出されたお金がNPCの店舗などで消費されれば、お金は消滅してゲーム内のお金の流通量が一定に保たれる。だが、消費と供給の釣り合いが取れていないんだ」

――【スターゲート】で使う重要アイテムのシンボルを販売するシンボル屋。

――火山エリアの【鬼人の別荘】で買い物をすると貰える福引券で回せる福引屋。

――地下渓谷の奥にあるドワーフの国で様々なアイテムを掘り出してくれる発掘屋。

――孤島エリアでランダムな【宝の地図】を売ってくれる地図屋。

――1周年アプデで追加されたお金をカジノメダルに交換してメダルで景品を交換するカジノなど。

OSOには、ゲーム内通貨を消費する様々なコンテンツが用意されており、そのどれもが不確実性から目当ての結果を得るまで沢山のお金を消費させる仕組みになっている。

だが、それらのコンテンツを用意しても、プレイヤーたちが日夜生み出し続けるお金の方が多く、お金余りの状態になっているのだ。

「そうして使い道の無くなったゲーム内通貨がどこで使われるかと言えば、【エキスパンション・キット】のような一部のレアアイテムの売買に集中しているのが現状だ」

お金が余ったプレイヤーたちが互いにレアアイテムを競《せ》り合い、価値を上げていった結果、相場15億Gなんてインフレが起きているのだ。

「でも、クロっち。あんまり、一つのアイテムの値段が上がっちゃうのは良くないよね」

「生産ギルドとして、『適正価格』を旨《むね》としてやっているが、生産アイテムではないからな。我々の力ではどうすることもできない」

それこそ、運営が【エキスパンション・キット】の入手方法を増やしたり、入手難易度を下げたりすればいいだけだが、ゲーム内のお金の量が変わらなければ、別のレアアイテムの値段が上がることになる。

プレイヤー側には、どうすることもできないのだ。

「だが、一概に悪い事象とも言えない。お金で買えないプレイヤーがアイテムの取得を目指すのは、ゲームの活性化に繋《つな》がるからな」

「そっかぁ……俺も15億Gは気軽に出せないし、自力で手に入れるしかないかぁ」

とは言え、先日までガンフー師匠との一騎打ちでゴリゴリに戦闘していたために、しばらくはのんびりしていたい気分なのだ。

「15億Gは、あくまで見ず知らずのプレイヤーに売る時の相場だ。売買するプレイヤー同士が納得するなら、いくらでも構わないんだ」

それこそ、タダでも構わないのだ、と言うクロードの言葉に俺とマギさんとリーリーは、自然と聞き入ってしまう。

「ねぇ、クロード？　もしかして従来の入手方法や15億Gも出さなくても【エキスパンション・キット】を手に入れる方法があるの？」

マギさんがそう尋ねるとクロードは、鷹揚《おうよう》に頷く。

「ああ、今週末にプレイヤーたちによる自発企画が開かれるんだ。そこの企画の一つに豪華景品と銘打って【エキスパンション・キット】などのレアアイテムを用意しているんだ」

最近は、新作ＶＲゲームの発売や来月の冬イベント前の中弛《なかだる》み期間に入っているらしい。

去年も【生産ギルド】が主催してイベントを開催したが、今回はＯＳＯに増えた様々なギルドが盛り上げるために企画したそうだ。

「金も戦闘力も関係なく運が良ければ、アイテムが手に入る。息抜きに参加してみないか？　もちろん、当日は、色んなイベントを企画しているらしいんだ」

「へぇ、面白そうね！　私も参加したいわ」

「僕もユンっちやマギっちたちと一緒に楽しみたい！」

マギさんとリーリーが乗り気の中、俺も息抜きで町中イベントを楽しむのも良さそうだと思う。

「俺も参加する！　色んなギルドの出し物とかちょっと興味があるかも」

去年は、【生産ギルド】側で企画を手伝うことが多かったが、今度は参加者として純粋に楽しみたい気持ちがあった。

「なら、決まりだな。もし、その時に目当ての【エキスパンション・キット】が手に入らなくても、入手くらいは手伝おう。俺も欲しいからな」

「クロっち。現実的なこと言わないで、もう少しくらい夢見させてよね」

フォローのつもりのクロードの言葉にリーリーがツッコミを入れ、俺とマギさんは小さく笑う。

そうして俺は、マギさんたちとプレイヤーによる自発イベントに参加する約束をしてログアウトするのだった。

一章　自発イベントと魔法のインク

「おー、結構人が集まっているなぁ」

自発イベント当日――クロードのお店である【コムネスティー喫茶洋服店】でマギさんたちと合流した俺は、イベント会場の入口まで移動して周囲の様子を眺めていた。

今回の自発イベントは、複数のギルドが出展側にいるために、ギルドホームが多く集まる町の北東エリアが会場となっていた。

「なぁ、クロード。どこに行けば、【エキスパンション・キット】が手に入るんだ？」

「まずは、あそこのテントにスタンプカードを貰《もら》いに行く」

イベント会場を見回す俺がクロードに問い掛けると、クロードは迷うことなく会場入口のテントに向かって歩いて行く。

「すまないが、スタンプカードを４枚くれ。それとパンフレットも頼む」

「かしこまりました～」

そんなクロードの後を追っていけば、テントで受付をしているＮＰＣ《ノン・プレイヤー・キャラクター》からスタンプカードとパンフレットを受け取る。

この自発イベントのためにNPCを雇っているんだ、と感心していると、振り返ったクロードが俺たちにスタンプカードとパンフレットを配ってくれる。

スタンプカードには四角い枠組みが三つ並び、パンフレットには第一の町の北東エリアの地図とイベント企画の概要と場所が描かれていた。

「クロっち？ スタンプカードってことは、どこかでスタンプを集めるの？」

「そうだ。この自発イベントの中には、参加することでこのカードにスタンプを押してもらえる企画がある」

「ふ〜ん。それじゃあ、全部のスタンプを集めなきゃいけないの？」

マギさんがスタンプカードの表裏を確認するので、クロードが補足を入れる。

「いや、スタンプは三つ集めればいい。三つ集めれば、各所に用意されたテントでビンゴカードと交換してもらえる。そして、俺たちが狙う【エキスパンション・キット】は、イベント終盤のビンゴ大会の景品に出るんだ」

「なるほど……だから、運が良ければ、か」

ビンゴゲームなんかは、まさに運に左右される万人が楽しめるゲームだ。

自発イベントを積極的に回らせるためのスタンプカードと、集めたスタンプで参加できるビンゴ大会とは、実によく考えられている。

「そして、ここにイベント会場のマップがある。スタンプを貰える企画以外にも色んな屋台や露店が用意されているからな。ぶらりと見て回ろう」

「それじゃあ、イベントを楽しむわよ！　エイエイ、オー！」

「「――オー！」」

マギさんの掛け声に、俺とリーリーもノリに合わせて拳を突き上げる。

「こうして固まったままだと邪魔になる。歩きながら、行きたい場所を決めるか」

そんな俺たちに生暖かな顔を向けるクロードは、この場からの移動を促してくる。

「ねぇねぇ、ユンっち。どこでスタンプを集める？」

「スタンプを貰える場所には、面白そうなところが多いからなぁ」

リーリーが差し出してくれたパンフレットを一緒に覗《のぞ》き見て、歩きながら、どこに行こうかと悩む。

「ユンっちはどこに行きたい？」

「うーん。そうだなぁ……」

リーリーの問い掛けに悩む俺は、その場で足を止めて周囲を見回し、自然と通りに並ぶ屋台に目が留まる。

「ユンくん、何か食べたいの？」

スタンプとは全く関係のない場所ではあるが、俺の視線の先を目で追ったマギさんが、俺に尋ねてくる。

「えっ？　あ、いや……ただ留守番してるリゥイたちへのお土産を考えてただけですよ！」

以前にライナとアルと一緒に町中を散策した時、プレイヤー向けの施設ばかりを連れ回して、リゥイたちを飽きさせてしまった。

なので今回は、【アトリエール】でお留守番してもらっているのだ。

「確かに、自発イベントはプレイヤー向けの企画が多いから、クツシタたちも暇しているだろうな」

クロードたちもこの人混みにパートナーの使役ＭＯＢたちを連れてきて居《お》らず、留守番させている。

「それじゃあ、みんなの食べ歩き用のおやつとお土産を先に買っちゃおう！」

クロードが俺の言葉に納得し、リーリーの提案に全員が賛成して屋台コーナーを目指す。

「おっ！　トップ生産職ご一行も来たのか！　どうだい！　何か買ってくかい？」

「うーん。どれがいいかなぁ。マギっちとユンっちは何にする？」

「私は、一口ドーナツかしらね。沢山買えば、みんなで分け合いながら食べられるでしょ」

「いいですね。一口ドーナツ。食べやすいし、色んな味もありそうですし」

俺たちが選んだのは、某ドーナツチェーン店にあるような色んな味が楽しめる一口ドーナツの詰め合わせだ。

味は、シンプルな物を始め、周りにチョコレートやストロベリーチョコ、蜂蜜でコーティングされた物や抹茶生地、チョコ生地の物、プレーンな物に粉砂糖やシナモンを塗《まぶ》した物、黒糖生地にきな粉など——バリエーションは様々だ。

そんな一口ドーナツの詰め合わせが入った大きな容器を五つ購入して、四つはそれぞれのお土産用に、残り一つは、みんなの食べ歩き用に決まった。

「クロっちは、他に何か注文する？」

「お菓子だけでは喉が詰まるだろ？　俺のインベントリに空のピッチャーがあるから、そこに飲み物を入れてくれ！」

「はい、まいど！」

クロードの方は、俺たちからお菓子を分けてもらうからと、飲み物だけ複数種類を容器持参で購入していく。

「ピッチャーを用意してるって、準備いいなぁ」

「ああ、【コムネスティー】で作った飲み物を入れておくのに使うからな」

そう言ってクロードは、コップにジュースを注ぎ、俺たちに配ってくれる。

マギさんだけは、一口ドーナツの容器を両手で抱えるように持っているために、ジュースは後で受け取るようだ。

「マギっち、早速ドーナツを貰うね」

「はいはい。リーリー、どうぞ」

「シアっちはどんな味が好きかなぁ」

マギさんが一口ドーナツを取りやすいように容器を傾け、リーリーはその中からどれを食べようか悩み、一つを選んで摘まみ取る。

「いただきまーす」

嬉《うれ》しそうに声を上げて一口ドーナツを頬張るリーリーに続き、俺とクロードもそれほど悩まずに手前のドーナツをひょいと摘まんで口に入れる。

「おっ、俺のはシナモンだ」

「俺の方は、抹茶だな」

俺とクロード、リーリーがドーナツを食べる中、両手が塞がっているマギさんは、何かを思い付いたのかニヤニヤとした笑みを浮かべる。

「ユンくん、ユンくん。私、両手が塞がってるから食べさせてくれる？」

「えっ？　あっ、はい。何味がいいですか？」

「うーんとねぇ。ストロベリーかなぁ」

俺はマギさんに促されるまま、ドーナツを摘まみ、マギさんの口元に差し出す。

「あーん、はむっ……」

俺が差し出したドーナツを一口で食べ、口をモゴモゴさせて咀嚼《そしゃく》するマギさんは、美味《おい》しそうに目を細めている。

「ん～、予想通りのチープな味だけど、美味しい」

「良かったです。けど……マギさん、ドーナツの容器を片手でも持てましたよね？」

マギさんにお願いされたから勢いに任せてやってしまったが、改めて考えると結構恥ずかしいことをした気がしてくる。

「あ、バレた？」

「マギさん……」

そして、マギさん自身が確信犯だったために俺は、抗議のジト目を向ける。

「ごめんごめん。お詫《わ》びに、私もあーんしてあげるから、ね」

だが、マギさんは、改めて片手でドーナッツの容器を抱え直し、空いた手で俺と同じようにドーナッツを差し出してくる。

「いいですよ。自分で取りますから」

「あはははっ、ごめんって。んっ、このプレーンのやつ、モチモチで美味しい！」

拗《す》ねたように断って顔を背ける俺にマギさんは、苦笑いを浮かべながら差し出したドーナッツを自分で食べる。

そうして一口ドーナッツを摘まみながら、四人で色々なことを話す。

「さて、俺も次はどの味を食べようかな」

「種類が多いと、目移りするよね！」

俺が次に食べるドーナッツを迷う中、リーリーも同じようにドーナッツの味で悩み始める。

「でも、みんなで集まった時のおやつには良《い》いわよね。こうした容器じゃなくて、お皿に山盛りにして飾り付けるだけでも華やかじゃない？」

マギさんが口にした、色んな味の山盛り一口ドーナッツを想像して、小さなシュークリームを積み重ねて作るクロカンブッシュのようになりそうだと思う。

「スクリーンショットの見栄《みば》えも良さそうだな。今度、フィオルに提案して一口ドーナッツフェアとでも銘打っても面白そうだ」

クロードも一口ドーナツを摘まみながら、【コムネスティー喫茶洋服店】の新たなメニューについて考えているようだ。

そうして食べ歩きしながら、プレイヤーによる催し物を見ていけば、色んな物が目に入る。

「ねぇ、クロっち。あそこもスタンプを貰《もら》える場所じゃない？」

「どうやら、そのようだな」

ドーンという爆発音や硬質な物を斬ったような甲高い音が響くそこには、何枚もの真っ黒な壁が並んでいた。

その横には——『モノリス割り』と書かれた看板と、ランキングらしきボードが掲げられていた。

「モノリス割り……ってことは、一回の攻撃力を競う場所かぁ」

『『『うおぉぉぉっ——』』』

俺の呟《つぶや》きを掻《か》き消すように、モノリスの一つから巨大な爆発音が響く。

それと共に、周囲の見物人たちからも大きなどよめきが起きる。

たった今、モノリスに魔法を放ったプレイヤーの数字が表示され、それと共にランキングボードの順位が更新されたようだ。

そんな激しい攻撃音が響くモノリス割りの会場の前で立ち止まる俺たちは、あの衆人環視の中でランキングに挑むのも少し違うかな、と考える。

「俺たちも同じように攻撃する？　あんまり目立つのは嫌なんだけど……」

「でも、競争とかしたいよね！　誰が高いダメージを出せるか」

俺が派手な音を響かせてモノリスの破壊と再生を繰り返している一角を横目にそう言葉を口にすれば、リーリーからは競いたいとの希望が出る。

「バフなしのスキル一発勝負とかどうだ？」

「なるほど、条件付きでの勝負ね。いいんじゃない」

クロードから身内でやるなら条件付きの勝負をと提案され、それに同意するマギさんに俺とリーリーも賛成するように頷《うなず》く。

「オッケー。それじゃあ、私が一番手をもらうわ」

一番に名乗りを上げたマギさんは、インベントリからメインウェポンの戦斧《せんぷ》を取り出して、空いているモノリスの前に立って構える。

「いくわよ。――《金剛破斬》！」

上段に振り上げた戦斧を力一杯振り下ろすと、斬撃と共に衝撃波が発生する。

――『４０７４』とダメージが表示され、マギさんはやりきったような表情で振り返る。

「バフなしでも結構行くわね。あっ、スタッフさん、スタンプ頂戴！」

「マギさん、凄《すご》いですよ！」

「流石《さすが》、ＡＴＫの高い鍛冶師だ。いいダメージを出す」

「それじゃあ、次は僕が行くね！」

モノリス割りのスタッフからスタンプを貰って戻ってくるマギさんと入れ替わり、リーリーがインベントリから双剣を取り出して、再生したモノリスの前に立つ。

「すぅ、はぁ……ふっ——《ソード・サーキュラー》！」

深呼吸を終えたリーリーの体が横に高速回転して姿がブレる。

まるで、コマのように高速回転したリーリーとモノリスの間で鈍い光がチラつくと、次々とモノリスに細かな傷が付いていく。

一撃一撃は小さいが、連続で積み上げられる連鎖《チェーン》ボーナスがダメージを加速させていき、モノリスの上には『３４２３』と表示される。

「おっとっと……あー、やっぱりマギっちには勝てないや」

「リーリーも凄いなぁ。結構なダメージじゃん。何回攻撃したんだ？」

「短剣系のアーツの《ソード・サーキュラー》は、コマのように高速で回転しながら32発の斬撃を叩《たた》き込むアーツだな」

ちなみに、回転中は相手からの攻撃も弾くために攻防一体の性質を持つらしいが、回転による制御も難しいらしい。

だから、終わり際にリーリーが蹌踉《よろ》めいていたのだ。

「おーい、ユンっちとクロっちも頑張ってー」

リーリーもスタッフからスタンプを貰い、こちらに手を振ってくる。

「さて、俺とユンのどちらが先に行く?」

「俺が先に行く。こう言うのって、最後が無駄にハードルが上がるからな」

俺はクロードにそう言って、三番手を貰う。

モノリスの前に立った俺は、インベントリから黒乙女《くろおとめ》の長弓《ながゆみ》を取り出して、矢を番《つが》える。

「前に試したのは、孤島エリアの砂浜だっけ」

ニトロポーションの検証の時にも使ったが、孤島エリアでミュウたちと自身のダメージ量を測った時のことを思い出す。

あの時は、エンチャントやアイテムを盛りに盛った状態での攻撃だったので、その時より成長を感じられたらいいな、と思いながら弓の弦《つる》を引いていく。

「――《剛弓技《ごうきゅうぎ》・山崩し》!」

《弓技《きゅうぎ》・一矢縫《いっしぬ》い》の上位に位置する弓系アーツをモノリスに放つと、着弾と共にモノリスに大穴が空く。

前に試した時より確かな手応えを感じつつ、ダメージは――『3530』を記録した。

「まぁ、エンチャントや装備補正なしなら、こんなものかな」

一人苦笑いを浮かべて、マギさんとリーリーの待つ場所に向かい、同じようにスタンプカードにスタンプを押してもらう。

「ユンくん、お疲れ様。結構いいダメージ出たわね」

「クロっちは、多分僕より上だから最下位かぁ。まぁ、元々手数でダメージ稼ぐタイプだからあんまり気にしてないけどね」

マギさんからの労《ねぎら》いの言葉を貰い、俺たちと比べてダメージ量が低かったリーリーは悲観せずに気楽に受け止めていた。

「さて、マギが現状一番高いダメージを出したが、遠距離のダメージディーラーの火力を見せるとしようか。――《シャドウ・ニードル》！」

闇魔法系のセンスを持つクロードが杖《つえ》を掲げてモノリスに向かってスキルを唱えれば、クロードの影が伸びていき、モノリスの手前で止まる。

そして、一拍遅れて伸びた影から黒い棘《とげ》が突き出し、モノリスの中心を貫く。

そして、貫かれたモノリスの上部にダメージが表示されていく。

「クロっち、凄い……」

「……『５１２０』ってマギさんより高いダメージ出すってマジかぁ」

最後の最後でクロードが俺たちの中で一番の記録を叩き出し、悠然とした足取りでこちらに合流してくる。

《シャドウ・ニードル》は、俺が使える闇魔法の中でも使いやすくて単体火力が高いスキルだ。このくらいは妥当だな」

「クロードに負けるのは、なんだか悔しいわね……もう一回！　今度はクリティカル引いてダメージを超えるわよ！」

クロードの結果に対抗心を燃やすマギさんは、もう一度挑戦しようと一歩踏み出すが
――

「はいはい、マギっち。諦めが肝心だよ～」

「あっ、ちょっと、リーリー!?」

そんなマギさんの背中を押して、リーリーが出口の方に誘導していく。

ああ～、と名残惜しそうな声を上げるマギさんだが、強引に再挑戦しようとは思っていないようだ。

そんなマギさんとリーリーのやり取りに、俺が小さく笑いクロードが肩を竦《すく》めながら、

同じように出口に向かうのだった。

●

モノリス割りの会場から出た俺たちは、パンフレットを見ながら次の場所を探していく。

「ねぇ、ユンっちとマギっち。次はどこにスタンプを貰いに行く？」

「一番近いところは武器道場って場所だけど、別に行く必要はないかなぁ……」

パンフレットに乗る『武器道場』とは、どこかのギルドホームが場所を提供し、様々な武器を揃《そろ》えた場所である。

あらゆる武器で攻撃判定を発生させる【器用貧乏の腕輪】を貸し出して、好きな武器を扱わせる他、アクティブスキル系の追加効果を持った武器も揃えて様々な武器や魔法センスを疑似体験できる場を用意しているようだ。

センス選びに迷ったり、新たなセンス取得の切っ掛けの場として作ったようだが、センス構成が固まっている俺たちには必要なかったりする。

「それなら、貸し衣装屋に寄るか？　そこでもスタンプを貰えるみたいだぞ」

「貸し衣装屋？」

　俺がクロードに聞き返すと、パンフレットを読みながら説明してくれる。

「武器道場と同じく、用意された様々な装備を無料で試着でき、スクリーンショットを撮れる場所だ」

「じゃあ、却下で」「私もパスね」「クロっち、また今度にしよう」

「何故《なぜ》だ⁉ 色んな服を着れるんだぞ！」

　俺、マギさん、リーリーが口を揃えて見送りの言葉が出る中、クロードが吠《ほ》える。

「絶対に、俺に可愛《かわい》い衣装を着せようとするだろ」

「それに何着も着せ替えさせられるのは、疲れそうだしね」

　俺が呆《あき》れたような目を向け、マギさんも困ったような溜息《ためいき》を吐き出す。

「普段の時でもできることだから、諦めようね」

　最後には、リーリーに説得されてクロードが渋々納得する。

「うーん。他にスタンプを貰えて、俺たちが楽しめる場所かぁ……」

「クイズゲーム、アスレチックステージ、縁日コーナーに、使役ＭＯＢとのふれあい広場もあるのね」

　俺が目を皿のようにしてパンフレットを眺めると、マギさんも同じようにパンフレットに載っているスタンプを貰える場所を口にする。

クイズゲームは、第一の町を中心としたOSOに関連するクイズ50問の中からランダムに3問出題されてそれに答えるゲーム。

アスレチックステージは、木工師たちが作り上げた10個のアスレチックのクリアを目指す場所。

縁日コーナーとは、OSOの技術で再現した射的やダーツ、釣り堀ゲームなどで遊ぶ場だ。

射的は銃系武器のレシピから作られた空気銃で木片を打ち出して的に当て、釣り堀ゲームは【釣り】センスが無くても釣りができるアイテム【初心者の釣り竿《つざお》】を揃えている。

使役MOBとのふれあい広場は文字通り、調教師のパートナーである使役MOBたちと触れ合える場所となっている。

「どこに行くか迷うなぁ……」

そんな様々な催し物の情報を眺めていると、ふと気になる物を見つける。

「この、タトゥーシール講座って、なんだ？」

俺が注目したのは、とある生産ギルドが開いているタトゥーシールの作成講座だった。

「確か、1周年アプデでレシピと作成に必要なアイテムが追加されたんだったな」

「へぇ、そうだったんだ。知らなかった」

タトゥーシールとは、装備重量が1の最軽量アクセサリーに分類されている。

特徴としては、ステータス補正はないが、様々な追加効果を持っている。

主にクエスト報酬などでユニーク装備として手に入るが、どうやら1周年アプデで自作できるようになったらしい。

ただ——

「OSOの生産トップに居る身だけど、中々タトゥーシールの研究にまでは手が出せていないのよねぇ」

装備重量1のアクセサリーには、様々な物がある。

金属を使った指輪やMOBがドロップする爪や牙などを使った首飾り。

そうしたアクセサリーは、ステータス補正が高かったり、素材に対応する追加効果などが付く。

対するタトゥーシールは、ステータス補正がなく、弱めの追加効果のみである。

そのため現状では、装備容量の余りを埋めるための間に合わせの装備か、ファッションアイテム的な側面が強く、プレイヤー間での研究も進んでいないのだ。

「だけど、まだ研究されてない生産アイテムってことだよね！　それなら、ちょっと興味があるなぁ」

対してリーリーは、タトゥーシールに関してポジティブに考えているようだ。

「ねぇ、ユンっちはどう思う？」

「俺か？　俺も、性能よりも新しいアイテムの作り方に興味があるから行きたいかなぁ」

リーリーに話を振られた俺は、迷うことなくそう言い切る。

俺としては、自分が作れるアイテムが増えるのは単純に嬉《うれ》しいのだ。

「私も作れないことないから、良《い》い機会だし色々と試してみようかしら」

「俺も服装のデザインにタトゥーシールを組み込めるように、作り方を覚えるか」

マギさんとクロードもタトゥーシール作りに前向きになり、俺たちの意見が一致する。

「それじゃあ、早速教えてもらえるところに行こう！」

「タトゥーシールの作成に必要な【魔法のインク】は持ち込みらしい。今回は、俺の手持ちから出そう」

リーリーが元気よくタトゥーシール作りを教えてくれる場所を指差し、クロードがインベントリからアイテムを取り出し、俺たちに見せてくれる。

「【魔法のインク】……初めて見たかも」

クロードが取り出したのは、真っ黒なインクで満たされた金字の六芒星《ろくぼうせい》が描かれたインク壺《つぼ》だった。

「これは、迷宮街のノーマルダンジョンに追加されたMOBからドロップするらしい」

迷宮街のノーマルダンジョンは、独りでに動く剣やローブなどの何らかの道具がモチーフにされたMOBで統一されたダンジョンである。

そこに新たに追加された本型MOBからドロップするらしい。

そんなクロードの話を聞きながら、クロードから【魔法のインク】を幾つか分けてもらった俺たちは、開設している生産講座に向かう。

「あっ、ここみたいね。おじゃましまーす」

「おじゃましまーす」

生産系ギルドのホームで開かれているらしく、建物の出入りが自由になっていた。

そこに躊躇《ためら》いもなく入って行くマギさんとリーリーから遅れて、俺とクロードも入って行く。

講座を開いているギルドホームの一室に入ると、長机と長椅子が二列に並べられており、部屋の奥にはタトゥーシールの作り方が描かれた黒板が立て掛けられていた。

ただ、プレイヤーの出入りは疎《まば》らで、教える側のギルドメンバーの生産職たちも暇していたのか互いに雑談していた。

どことなく学校の文化祭で、来る人の少ない展示教室を思い起こさせる。

そんな場所に俺たちが入って来たために、気付くのが遅れながらも挨拶をくれるが——

「あっ、タトゥーシール講座にようこ……そーっ⁉　えっ⁉　マギさんにリーリーさん⁉　それにクロードさんにユンちゃんも⁉」

「中々、斬新な挨拶だな」

「いや、普通に俺たちが来たことに驚いてるだけだから」

トップ生産職のマギさんとクロード、リーリーの登場に驚くギルドメンバーにクロードが軽口を叩《たた》くので、思わずツッコミを入れてしまう。

そんな俺のツッコミを受けてクロードが肩を竦める中、マギさんは、苦笑いを浮かべながら驚いている人に声を掛ける。

「私たち四人、タトゥーシールの作り方を教わりに来たけど、教えてもらえるかしら？」

「も、もちろんです！　どうぞ、こちらに！」

「緊張しなくても大丈夫だよ～」

リーリーがリラックスさせるように言葉を掛けるが、相手は更に緊張してしまう。

それでも空いた場所に案内してくれる生産職の青年は、深呼吸を繰り返して落ち着きを取り戻す。

「えっと……本当にトップ生産職の方々が、タトゥーシールなんかの作り方を知りに？」

「いい機会だし、新しいアイテムのレシピを覚えに来たのよ」

若干、卑屈気味な生産職の青年に対して、マギさんはあっけらかんとした様子で言い切る。

その様子にただ唖然《あぜん》とする生産職の青年だが、俺やリーリー、クロードの態度や様子を見て、ただ茶化しに来たわけでもないと感じ取り、真剣な表情を作る。

「分かりました。それでは、タトゥーシールの作り方を教えますね」

そう言って、俺たちの前で、タトゥーシール作りに必要な【魔法のインク】と他の道具を取り出して見せる。

「タトゥーシールは、この紙の上にインクを垂らして作ります」

実演して見せるために筆に【魔法のインク】を付け、何度も書き慣れているのか綺麗《きれい》な真円を一筆書きする。

俺たちに見られながら作られるタトゥーシールであるが、描き終えて顔を上げて解説の続きをしてくれる。

「こんな風に魔法のインクで紋様を描いて、後は時間を置いて乾かすだけなんですよね」

そう言って、生産アイテムとしてはあっさりとした内容に生産職の青年自身が自嘲気味に笑い、既に用意されていた完成品を俺たちの前で見せてくれる。

満月の紋様【装飾品】（重量：1）
追加効果：【MP上昇（極小）】
剣の紋様【装飾品】（重量：1）
追加効果：【物理攻撃上昇（極小）】
火の紋様【装飾品】（重量：1）
追加効果：【火属性向上（極小）】
紋様のシール【装飾品】（重量：0）
ただの紋様のシール。そこに何の意味も力もないが、装飾としての価値はあるだろう。

真円はＭＰを上昇させる月を表《あら》わし、三角形は物理攻撃を上昇させる剣を表わし、火を表わす紋様は直接的に火属性を上昇させている。
マークの形状やイメージによって、得られる効果が変わるようだ。

「こんな風に紋様を描いて、何らかの追加効果が発生すれば成功。効果が付かなければ失敗なんです」

そして最後に見せてくれたタトゥーシールは、紋様自体は複雑でカッコイイが、フレーバーテキストに書かれている通り、なんの効果も持たないファッションアイテムとなる。

「へぇ……例えば、紋様が崩れていたり、インクが掠《かす》れたりした場合はどうなるの？」

タトゥーシールの説明の中で疑問があったのか、マギさんが質問する。

普通の生産系アイテムだと、武器のステータスが下がったりするが、ステータスの補正のないタトゥーシールでは、どのように影響するか気になったようだ。

「その場合には、ＯＳＯのシステムが紋様を認識できないと、失敗扱いです。もし成功判定が出ても、装備の耐久度は下がりますね」

「あっ、なるほど……ユニーク装備じゃないのか」

俺が今まで見つけてきたタトゥーシールは、全部が耐久度のないユニーク装備だった。

だが、プレイヤーの手で作られたタトゥーシールには、耐久度が設定され、品質によって耐久度が変わるようだ。

「とりあえず、一度やってみて下さい。ここに紋様の見本とその効果が書いてあるから好きなタトゥーを描いて下さい」

生産職の青年が俺たちに筆と紙を配り、四人で紋様の見本を覗《のぞ》き込む。

「俺は、何を作ろう？　とりあえず、作りやすそうなやつから試してみるかな」

「私はそうね。火属性のやつを作ってみようかしら」

渡された見本には全部で20種類くらいの紋様があった。

それを参考にそれぞれが教えてもらった通りに、タトゥーシール作りに励む。

「むっ、これは中々描くのが難しいな」

「筆を使うのって慣れないね」

クロードとリーリーも同じように【魔法のインク】を紙に垂らして、最初の1個目を作っている。

だが、筆で模様を描くのに慣れていないためか、線が震えて歪《ゆが》んだり、インクが掠れて見本の紋様のようには描けない。

【タトゥーシール】は、生産系センスがあればレベル1からでも作れるほど難易度の低いアイテムらしい。

それでも、綺麗な線を引くことは難しかった。

タトゥーシールの作り方を教えてくれた生産職の青年は、よっぽど数を熟《こな》して作って上達したんだろうなと思い、素直に尊敬する。

「ふぅ、できたけど、意外と難しいなぁ……」

完成した紋様を乾かして、初めてのタトゥーシールに溜息《ためいき》を吐《つ》く。

できた紋様は、見本と比べても歪んだ物となっている。

アイテムのステータス上は見本と比べても違いはないが、やはりできるなら綺麗な紋様を描きたいと思うのは、凝り性の証《あかし》なのかもしれない。

そんな風に、俺やマギさん、リーリー、クロードが次々とタトゥーシールを完成させるのを、教えてくれた生産職の青年が見守っていた。

「はい、これで講座は一通り終わりです。この後はスタンプを貰って帰ってもいいし、この場で引き続きタトゥーシール作りを続けてもいいですよ」

そう言ってくれる生産職の青年に対して俺たちは、まだ納得できる物が作れていないために、もう少しこの場でタトゥーシールを作り続けると伝える。

そして、トップ生産職四人が揃《そろ》うこの場所で、何も起こらないはずがなかったのだ。

●

「本当に、この場所に残るなんて……」

生産系ギルドが開いているタトゥーシール講座で引き続き作り続ける俺たちに対して、教えてくれた生産職の青年は、呆《あき》れたように俺たちを見つめて呟《つぶや》いている。

そんな生産職の青年には目もくれず、俺やマギさんたちは、真剣にタトゥーシールと向き合っていた。

「むぅ、また線が上手《うま》く描けなかった。筆よりも別の道具で描いた方がいいかなぁ」

「図書館で買える万年筆みたいな道具があればいいな。そうすればもっと繊細な紋様が描ける」

「なるほど！　でも、万年筆に【魔法のインク】が入るのかな？」

俺が上手く紋様を描けずに頭の後ろを掻《か》いていると、クロードからそんな意見が出てくる。

早速、インベントリからノートに書き留める時に使う万年筆を取り出す。

図書館で購入した万年筆は、インク切れのしないペンとして非常に重宝しているが、分解して【魔法のインク】を詰めることはできないようだ。

「この万年筆は、使えないか……」

「ユンっち、ちょっと貸して。……この構造なら、羽根ペンなら作れると思うよ」

今度はリーリーが自身のインベントリから木工の生産道具と素材を取り出し、即席で羽根ペンを作り始める。

木材を筒状にくり抜いてペンの持ち手である軸を作り、何らかの動物の牙を削ってペン先を作り上げる。

そして、大型の鳥系ＭＯＢからドロップした羽根の先端を削り、ペン軸に通してからペン先に固定する。

「ユンっち、クロっち！　できたよ！」

「えっ、ちょ……」

目の前で完成した羽根ペンを掲げるリーリーに、俺たちに教えてくれた生産職の青年やこの場にいる他のプレイヤーたちからも視線が集まる。

「インクはちゃんと吸い上げてるな。それに細い線が描きやすい。牙や爪などの生体素材をペン先に使っているから、線も柔らかくて描きやすい」

クロードが、リーリーから受け取った羽根ペンの使い心地を語る一方、リーリーは２本目の羽根ペンを作り始める。

「リーリー？　私も羽根ペンを作れるかしら？」

「マギっちなら、生産設備があれば金属やガラスで万年筆くらい作れると思うよ。だけど、ここだと爪や牙を削るペン先を作るくらいじゃない」

「それじゃあ、分担して作らない？　私がペン先作るから、リーリーはペン軸をお願い」

「いいよー。早くに羽根ペンの数が揃いそうだね」

そんなリーリーの様子を見ていたマギさんは、リーリーに作業分担を提案し、自分の生産道具を使ってペン先を作り始める。

マギさんがペン先を削り、リーリーがペン軸を作るように作業を分担したことで早くも2本目の羽根ペンができた。

羽根ペンを作りながらリーリーと談笑するマギさんは、チラリと今まで作ったタトゥーシールを眺めながら首を傾《かし》げている。

「【魔法のインク】って黒色だけ？　細かな紋様を作るなら違う色が複数欲しいし、インク自体にも属性を宿せないかしら？」

「俺が見たことあるユニーク装備のタトゥーシールは、金色とか銀色でしたね」

去年の冬のクエストイベントで手に入れた【輪廻《りんね》の刺青《いれずみ》】は銀色、妖精郷《ようせいきょう》の解呪クエストで手に入った【妖精の紋様】は金色をしていた。

「なら、他の色のインクも作れそうよね！」

「そうですね。じゃあ、インクに何か素材を混ぜる……いや、この場合は、【合成】の方がいいかなぁ——《合成》！」

俺は、マギさんの閃《ひらめ》きが実現可能か調べるために、インベントリから異なるアイテムを合成する合成陣を取り出す。

そして、その上に火属性を宿した属性石を載せて、【魔法のインク】と合成する。

合成によって異なるアイテムが一つになり、火属性を宿した赤いインク——【魔法のインク（火）】が誕生した。

「おー、ユンくん、すごーい！　早速、属性インクができちゃった」

「俺も一発で当たりを引くとは思いませんでした。とりあえず、他の属性石と合成して色んな属性インクを作っちゃいますね」

「ちょ、ちょっと待って、情報が……情報が多い」

完成した属性付きの【魔法のインク】を見て、生産職の青年が何かを言っていたが、俺たちは気付かずに、次々と属性付きの【魔法のインク】を合成していく。

そして、そんな火属性の赤いインクを手に取ったクロードは、見本の紋様を参考にしつつ、マギさんが先程作った紋様と同じ物を描いていく。

火の紋様【装飾品】（重量：1）
追加効果：【火属性向上（小）】

「やはりな。思った通り、タトゥーの性能が上がったな」

「嘘《うそ》だろ……俺がずっと調べてきたのに……」

クロードが淡々とタトゥーシールの改良に成功したことを告げる一方、今まで研究を続けてきた生産職の青年は、愕然《がくぜん》としていた。

「おー、やっぱり予想通りって感じ？」

「ああ、だが、逆に見本の紋様の中でも、属性インクだと追加効果を発現しない物があるな」

羽根ペンに持ち替えたことで、紋様を描く効率や正確性が上がったクロードは、次々と属性インクで見本に用意されていた紋様を描き、その結果を告げてくる。

例えば、火属性のインクで火属性の紋様を描くと、追加効果の性能が上昇した。

だが、火属性のインクで他属性の紋様を描くと、効果は発生しなかった。

他にも、特定の属性を持たない紋様ならば、どのインクで描いても効果に変化はなかった。

そうした今できる検証を一通り終え、俺たちに見せてくる。

「なるほど、同じ紋様でもインクの種類で結果が変わるのか。なら、あの紋様を描いてみるか」

放心している生産職の青年を横目にクロードは、紙にサラサラと紋様を描き出し、それを俺やマギさん、リーリーが覗き込む。

「見本にない紋様だけど、どっかで見た気がするなぁ……」

「私はこっちのは知っているわよ。ユニーク装備にあった装飾のデザインにそっくり」

「僕もこれ知ってる！　クロっちが前に読んでた本の表紙にあった！」

クロードが描き出す新たな紋様に俺は首を傾げ、マギさんとリーリーがその紋様の正体を口にする。

「俺の撮ったスクリーンショットから探した紋様を参考に描き出している。マギとリーリーの言うとおり、ユニーク装備のデザインや図書館で借りた本の表紙、ＭＯＢの体に刻まれた模様、オブジェクトの装飾から描き出している」

クロードはこちらに視線を向けないまま、紙に他の紋様を描き出しながら答えてくれる。

「あの……その紋様と似た物を作ったことがあるけど……ダメでしたよ」

生産職の青年は、クロードの描き出した紋様を見て、おずおずと言葉を口にする。

彼も今まで沢山の試行錯誤を繰り返し、追加効果が発現する紋様を探ってきたのだろう。

「だが、新たに見つけた属性インクでは試していないだろう？」

「それに、属性インクで失敗しても、ダメだったって結果が残るからね！」

リーリーがそう言いながら、できた羽根ペンを生産職の青年に渡す。

「お、俺も手伝います！」

リーリーから羽根ペンを受け取った生産職の青年は、真剣な表情で手伝いを申し出て、クロードの描き出した紋様を属性インクを使ってタトゥーシールとして描き起こしていく。

そして、紙に描いた魔法のインクが乾けば、結果が現《あら》われる。

闇加護の紋様【装飾品】（重量：1）
追加効果：【闇属性耐性（小）】【光属性弱体（小）】

そうして、クロードが指定した属性インクで描いた紋様は、効果付きのタトゥーシールとして認められた。

「俺が教えたばかりなのに、もう俺が思い付かなかった方法で改良して追い抜いていく。あはははっ……もう笑うしかないよ」

生産職の青年は、この短い時間で何度もタトゥーシール作りの常識が壊されていき、引き攣《つ》った笑みを浮かべていた。

だけど、手に持った羽根ペンを力強く握り、その目はやる気に満ちていた。

「ああ、もう……こんなに可能性があったなんて……もう一度調べ直しだ！」

そう言って生産職の青年は、自分のインベントリから何枚もの紙束を取り出して、属性インクを使って紋様を写していく。

「ああ、これは違う。これも違う……」

俺も手持ちの【魔法のインク】の合成を終え、マギさんとリーリーも羽根ペンを作り終えて生産職の青年の手元を覗《のぞ》き込む。

「凄《すご》いわね。この紙束は、宝物ね」

マギさんも生産職の青年が作り上げた紙束を見て、感心している。

「だって、この紋様なんかは、ユニーク装備に刻まれている紋様に似てるわよ。きっと探せば、さっきの以外にも見つかるわ」

青年の試行錯誤のメモの中には、見本で発見した20種以外にもタトゥーシールは存在するだろう。

他にもクロードが言ったように、ＭＯＢの体に刻まれた紋様や装備のデザイン、街やフィールドにある細かな装飾など……総当たりになるだろうが、調べていけば、上位の追加効果を持つ紋様が見つかるかもしれない。

そうなれば、ステータスの補正はなくとも、他のアクセサリーと差別化できる有用な装備となるだろう。

そして、この話を聞いていたのは、生産職の青年だけではなく、同じギルドに所属する生産職の仲間たちも居た。

『マジかぁ！ 属性インクとデザインの相関性か！ 俺もボツにしたデザインを洗い直さないと！』

『その前に、色んなオブジェクトを調べに行かないと……くっ、生産職だからって戦闘系センスのレベル上げしてないからフィールドのオブジェクトを調べに行けねぇ！』

『その前に、属性インクの調達はどうする？ 【合成】センス取らないとダメか⁉』

そんな言葉がギルド内の一室で飛び交い始める。

「うーん、ユンっち。僕たちが属性インクが欲しい時は、ユンっちに頼めば良いかな？」

「俺より【素材屋】のエミリさんの方が良《い》いんじゃないかな」

エミリさんに素材を提供すれば、この場で作った以外の属性付きの【魔法のインク】も研究してくれるかもしれない。

すっかり時間を忘れてタトゥーシール作りに熱中していた俺たちが時間を確認すれば、そろそろ次のスタンプを探しに行かなければならない。

「しまったな。あまりここに居続けると、ビンゴカードの交換に必要なスタンプが集まらないぞ」

本来の目的は、ビンゴ大会の景品に出る【エキスパンション・キット】を狙うことだ。

あまりにタトゥーシール作りが楽しくて本来の目的を忘れるところだったが、クロードに促された俺たちは、道具を片付けるのも忘れて、バタバタとしながらギルドホームから出て行く。

「そうだ、スタンプを貰《もら》うの忘れるところだったわ。スタンプ下さい！」

だが、直前になってマギさんが気付き、慌てて戻る俺たちは、タトゥーシールを教えてくれた生産職の青年から2個目のスタンプを押してもらう。

「ありがとうございました。楽しかったです！」

「ありがとうね！　新作のタトゥー楽しみにしてるから！」

「ありがとうございました！」

そして、スタンプを貰って改めて出て行く直前、俺とマギさん、リーリーがお礼の言葉を送りながら彼らに手を振って別れる。

「トップ生産職の人たちって凄すぎ。はぁ……完敗だよ。でも、期待されたなぁ……」

お礼を言われた生産職の青年は、俺たちが居なくなった後でポツリと呟《つぶや》いている。

手元には、トップ生産職たちが渡してくれた羽根ペンと属性インク。そして、一度ボツにしたデザインの紙束。

タトゥーシールの限界を決めていた一人の生産職は、トップ生産職から可能性を見せてもらった。

自分がボツにした紙束の中には、新しいタトゥーが眠っている可能性があることを。

そして、ＯＳＯの中に散りばめられた紋様を探しに行かなければならないことを。

「よし、頑張るか！」

一人の生産職は、仲間のギルドメンバーたちと共に、改めてタトゥーシール作りに向き合う。

プレイヤーが企画した自発イベントからしばらくして、タトゥー職人と呼ばれるプレイヤーたちが現れ始める。

戦闘で実用性のあるタトゥーシールは、既存のアクセサリーと差別化される。

また、タトゥー職人たちが作るのはタトゥーシールだけではなく、攻撃魔法や補助魔法が使える消費アイテム――【呪符】と呼ばれるアイテムの作成に成功したのだ。

無地の紙やカードに【魔法のインク】で特定の紋様を描き、ＥＸ《エクストラ》スキルの【魔力付与】

を行《おこ》なうことで、【呪符】は完成する。

タトゥー職人たちは、タトゥーシールの実用化や呪符の作成だけでは満足せずに、日夜ＯＳＯを冒険しながら新たな紋様や呪符を探しているそうだ。

二章　約束とビンゴ大会

「慌てて出てきちゃったけど、次はどこでスタンプ貰おうか？」

タトゥーシール作りに熱中し、クロードに促されなければ、ビンゴ大会を忘れて入り浸ってしまいそうだった。

急いで出てきたが、ビンゴ大会まではまだ時間があり、次の目的地も決まっていない。

なので、改めて次のスタンプを貰える場所をのんびりと探していく。

「うーん。またブラブラと見て回って決めるとか？」

「私もそれでいいわ」

「僕もいいと思うよ。目的なく、ブラブラするのもいいかもね～」

マギさんとリーリーからも賛同を得て、再びパンフレットを見ながら自発イベントを見て回る。

そんな人混みの中を進む俺たちは、使役ＭＯＢのリゥイたちへのお土産を選んだり、お祭りに合わせて売りに出された微レアなアイテムなどを買ったりして楽しむ。

「結構、いい値段でユニーク装備のアクセサリーが手に入ったなぁ」

「私も、販売用の装備の強化素材が手に入って良かったわ」

俺が購入したユニーク装備の性能は高くないが、アクセサリー作りのデザインの参考になるために、こうして集めている。

そんなユニーク装備の腕輪を横から覗き込むクロードは、何かに気付いたようだ。

「ユン。そのアクセサリーのスクショを貰っていいか？」

「うん？　いいけど、クロードも装備のデザインの参考にするのか？」

俺が掌《てのひら》に置いた腕輪を掲げるとクロードは、色んな角度からスクリーンショットを撮り始める。

そんなクロードに疑問を投げ掛けると、答えが返ってくる。

「その腕輪の装飾もタトゥーシールの紋様になりそうだから、タトゥーシールの作り方を教えてくれたプレイヤーに伝えようと思ってな」

「なるほどねぇ。慣れてない私たちよりも、専門家に情報提供して検証してもらうのね」

俺が買ったユニーク装備のデザインがタトゥーシールに転用できれば、新たなタトゥーシールが誕生するかもしれない。

「それより、いつの間に連絡先を交換したんだよ」

「三人がタトゥーシール作りに夢中になっている間だ」

俺は、ユニーク装備の画像を添付したメッセージをタトゥー職人のプレイヤーに送るクロードを呆《あき》れ半分、感心半分で眺める。

「さて、次はどこに行くかな？」

『あー、怖かったー！』『でも、面白かったねー！』『今度は知り合いも一緒に誘おう』

メッセージの送信を終えたクロードが顔を上げる中、俺たちの正面の脇道から何組かのプレイヤーたちが出てくるのが見えた。

「ねぇねぇ、あっちにも何かあるのかな？」

「えっと……何があるのかしら？」

リーリーが不思議そうに路地裏の方を覗き込み、マギさんもパンフレットの地図で場所を確かめる。

薄暗い路地裏はあまり立ち寄りたい雰囲気ではなかった。

そんな場所から今度は、ボロボロの薄汚れた灰色のワンピースを着た女性プレイヤーが客引きの看板を持って現《あら》われた。

「ギルド【ゴーストライ】のお化け屋敷《やしき》に来てください！　センスやアイテムを駆使した身の毛もよだつ恐怖体験をぜひお楽しみください！」

お化け屋敷と聞いて目を輝かせるリーリーとは対照的に、俺は嫌な予感がした。

巻き込まれない内にゆっくりと抜き足差し足で後退するが、大通りで次の客を探していた女性プレイヤーと目が合うと、嬉《うれ》しそうに駆け寄ってくる。

「あー！ いつかの肝試しに来てた子！ ねぇ、お友達と一緒に、お化け屋敷に来ない？」

俺たちに声を掛けてくる客引きの女性プレイヤーに見つかり、俺は静かに肩を落とす。

逃げられなかったか……と落胆し、マギさんたちが振り返って俺に視線を向けてくる。

「ユンくんの知り合い？」

「えっと……知り合いと言うか、一度会ったことがあると言うか……」

俺は、マギさんたちにギルド【ゴーストライ】のお姉さんについて説明する。

以前、孤島エリアの夜間に出現する時限式ダンジョンの幽霊船——その内部で自主的に他のプレイヤーたちを驚かせる『肝試し』をしていた。

その幽霊船の肝試しで驚かせていたのがお化け役のお姉さんたちで、その時にギルド【ゴーストライ】を作るみたいなことを言っていた。

「へぇ、そんなことがあったのね」

「その後は、私たちも無事にギルドを立ち上げて、ギルドメンバーたちと一緒にギルドホームをお化け屋敷に改造して、こうして公開しているのよ」

客引きの女性プレイヤーこと【ゴーストライ】のお姉さんは、そう言って幽霊船での肝試しの後を簡単に説明してくれる。

「ぜひ、お化け屋敷に来てよ！　私たち、奮発しちゃうんだから！」

「い、いや、遠慮しておきます。って言うかお化け屋敷で奮発って余計怖いじゃないですか⁉」

悲鳴染《じ》みた俺の叫びに【ゴーストライ】のお姉さんは、たははっと頭の後ろを掻《か》きながら笑っている。

「面白そう！　それにスタンプも貰えるみたいだよね！　ねぇ、ユンっちも一緒に行こうよ！」

「えー、お化け屋敷って苦手だから、俺は外で待ってるよ」

「まぁまぁ、こうして手を繋《つな》げば、怖くないから」

リーリーには服の裾を引かれ、マギさんには左手を取られて逃げられなくなった俺は、【ゴーストライ】のお姉さんの案内で薄暗い路地裏の先にあるギルド【ゴーストライ】のお化け屋敷に向かう。

「うわぁ……外観からして雰囲気あるなぁ……」

雰囲気のある暗い路地裏を進んだ先には、これまた雰囲気のあるボロい洋館が建っていた。

元は白い塗装がされていたのに経年劣化で塗装が剝げて薄汚れた屋敷の屋根では、錆《さ》び付いた風見鶏《かざみどり》がキーコーキーコーと音を鳴らしている。

「さぁさぁ、こちらですよ～！」

陽気に案内する【ゴーストライ】のお姉さんとは対照的に、陰鬱な門がギギーッと不安を煽《あお》る音を立てる。

「今回のお化け屋敷は、屋敷内部のどこかにある鍵を入手して脱出するのが目的よ。他のプレイヤーとは最低5分間隔で入場させているけど、中で出会うかもしれないから。それと、【暗視】系のセンスや装備を持っている場合、お化け屋敷を十分楽しめないから装備は外しておくのがオススメよ」

お化け屋敷の注意事項を説明するお姉さんは、明かりとなるランタンを貸し出して、入口の扉を開いて、中に入るのを促してくる。

「ううっ、やっぱり怖い……」

「そう言いながら、律儀《りちぎ》に【空の目】のセンスは外すのだな」

泣き言を言いながらも俺は、空いた右手でメニューを操作して、【空の目】のセンスを外す。

そんな俺の様子にクロードは、ぼそりと呟《つぶや》いているが、お化け屋敷への不安から俺の耳には届かなかった。

明かりを持ったクロードを先頭に、続いてリーリーが入り、俺はマギさんに手を引かれながら屋敷の中に足を踏み入れる。

そして、最後尾の俺とマギさんが屋敷の中に入ったところで扉が閉まる。

「うわぁ……なんか、もう……うわぁ……」

古びた洋館の廊下には、窓に板が打ち付けられており、光を全く感じない。

クロードが掲げるランタンの明かりに照らされた範囲には、ボロボロの洋館内部に残る傷跡や黒い染みが見える。

それだけで否《いや》が応《おう》でも、正体不明の猟奇的な存在を示唆しており、不安感が増す。

「中々、本格的だな」

「何が出るのか、楽しみだね！」

クロードとリーリーは、肝が据わっているのか、楽しげな表情のまま進んでいく。

「ユンくん、大丈夫だから、ね」

「は、はい……」

繋ぐ俺の手の甲をマギさんが優しく撫《な》でて、宥《なだ》めてくれるので少しだけ落ち着くことができ、クロードとリーリーの後を追うことができる。

そして、道なりの通路を進んでいくと、なにやら廊下にランタンが転がり、上半身だけ晒《さら》して倒れている人がいた。

「誰かしら？　お化け役かな？」

「上半身だけってことは、惨殺《ざんさつ》死体役とか？」

いきなり顔を上げてゾンビみたいに手を伸ばされたくないために、倒れた人とは反対側の通路に寄って、ゆっくりと近づくと倒れていた人は顔を上げてこちらに声を掛けてくる。

「ああ、良かった。次の人が来たんだ。ちょっと引っ張ってくれないかな？」

「えっ？」

困ったように笑うその男性プレイヤーは、上体を捻《ひね》るようにして自身の腰の状態を見せてくる。

「この館から脱出するのに鍵を探す必要があるだろう？　それを探して壁に空いた穴に潜ったら、引っかかって出られないんだ」

腰が引っかかった壁穴を見せ、次に自分の首に掛かった鍵を見せてくれる男性プレイヤーに、とある可能性が思い浮かぶ。

「あっ！　ってことは、俺たちより前に入ったプレイヤー？」

「とりあえず、引っ張ればいいのかしら？」

俺とマギさんは繋いでいた手を離し、彼の腕を掴《つか》んだ瞬間――それは起きた。

「うわぁぁぁぁ！　ぎゃぁぁぁぁぁぁあっ！　がぁぁぁぁあっ⁉　あ、足が、足が！　た、助けてくれ！　助け――」

「えっ、なになに⁉　突然、何だよ！　怖い！」

男性を壁穴から引っ張り出そうとするが、それよりも強い力で壁の向こう側に居るナニカが男性の足を引っ張っている。

見えない壁向こうの状況に、男性が絶叫し、壁に空いた穴の隙間から赤黒い液体が広がり始めている。

俺は、未知への恐怖に涙目になりながら、男性が壁向こうに引き摺《ず》られないように引っ張り続ける。

「もうちょっとよ！　頑張って！」

マギさんも男性に声を掛けながら腕を掴み、クロードとリーリーも慌てて駆け寄り引っ張るのを手伝おうとするが――ビリビリッ！

「――あぁぁぁぁぁぁぁぁあっ」

「うわっ!?」

突然、男性を引き合う拮抗《きっこう》が破れ、男性が壁の向こうに引きずり込まれていく。

マギさんはギリギリで踏ん張ったが、俺は引っ張る勢い余って尻餅をつき、何が起こったのか分からずに呆然《ぼうぜん》とする。

「ユンっち、大丈夫？」

そして、尻餅をついた俺は、リーリーの手を借りて立ち上がり、その時に手に残った物に気付く。

「……あっ、服の袖」

「ふむ。先程のプレイヤーは、お化け屋敷の参加者じゃなくて、参加者に扮《ふん》した仕掛け人だったのかもな」

クロードが推察するには、先程のプレイヤーは、お化け屋敷の被害者役と思われる。

正体不明の謎の化物に襲われて、天井裏や床下、狭いスペースに引き摺り込まれて消える役だ。

「服の袖も引っ張られて破けやすいように細工されているのが、その証拠だ」

クロードが俺の手から破れた服の袖を取り上げて調べる。

裁縫師のクロードに掛かれば、衣服の細工などは、すぐに見抜けてしまうようだ。

「ＳＦホラーでは、閉鎖的な宇宙船のダクトを通って化物が襲ってくるが、それを参考にしたホラー演出なんだろうなぁ」

「そうしたメタ的なことを聞くと……怖さが薄まって、なんか嫌ね」

マギさんが嫌そうな顔をしてポツリと呟くので、俺も同意するように頷《うなず》く。

確かに、ホラーは苦手だし、正体不明の未知な物は怖く感じる。

だが、クロードの推察通りなら、その正体不明な物が一気にチープな物に感じてしまい、それはそれでなんか嫌である。

「とにかく、先に進もうよ。それと、クロっちは、ネタバレ禁止！　面白くなくなっちゃう」

「むっ、すまなかった」

微妙な空気が流れる俺とマギさんに代わり、リーリーがビシッとクロードを指差して注意してくれる。

それを受けたクロードは、渋い表情を作り、素直に謝ってくる。

だけど――

「ちょっと怖くなくなったから、その……一応、ありがとう」

俺は、クロードに小さくお礼を言ってマギさんと並んで通路を進んでいく。

もうマギさんと手を繋がなくても、大丈夫なくらいには怖さは薄らいでいた。

その時、クロードは若干驚いた表情を浮かべるが、すぐに小さく笑って最後尾から付いてくる。

その後、先程の壁裏の化物が徘徊《はいかい》している演出のためか、天井裏で何かが動くバタバタとした音や被害者役から流れ出た血を表現するための血糊《ちのり》が壁の隙間から染み出したり、通路の曲がり角では、こちらを意味深に見つめてくる血糊の付いた刃物を持った仮面の怪人がいたりと、驚きはあれど恐怖は薄まっていた。

ちなみに、仮面を着けた怪人が現《あら》われた通路は一本道であるが、途中で擦れ違わなかった。

きっと、通路のどこかに隠し扉が用意されており、壁裏に隠れているのかもしれない。

そうこうして入口からの一本道の通路を抜けた扉の先には——明るい蝋燭《ろうそく》が灯《とも》された一室に出た。

「明るい……」

クロードの言葉のお陰で多少の恐怖心は拭えたが、それでも暗く閉塞感のある一本道を歩かされた緊張から、安堵《あんど》の吐息が零《こぼ》れる。

「明るいってことは、ここでは驚かされないのかもね」

明るい場所で驚かせてもすぐに正体が分かって、怖さも半減してしまう。

だから、マギさんはこの一室を安全地帯だと考え、俺もそうだったらいいなぁ、と苦笑いを浮かべる。

「みんな見て、あそこが次の場所みたい」

部屋の周囲を見回していたリーリーが指差す先には、次の場所に通じる扉があった。

クロードが扉の方に近づき、ドアノブに手を掛けるが……

「むっ、ダメだな。開かない」

ガチャガチャとドアノブを捻って開けようとするが、扉は開かない。

そして、諦めて部屋の中を探ろうと振り向いた時、カチャリ、と鍵の開く音がして、先程の閉まっていた扉がキィイイッという軋《きし》む音を立てながら勝手に開いていく。

「「……………」」

まるで、こっちへ来い、と言うような誘導に黙ってしまう俺とマギさん、リーリー。

この演出は、ちょっと怖かった。

絶対にこの明るい部屋の様子が監視されていることに、涙目になる。

「まぁ、進む先をお膳立てされているのだ。その通りに進むとしようか」

「嫌だなぁ……本当に、嫌だなぁ……」

一度、明るい場所に出たからこそ、再び暗い場所に足を踏み入れることに拒否感を覚えつつ、渋々とマギさんたちと一緒にその扉の中に入っていくのだった。

●

その後、お化け屋敷《やしき》を進んだ俺たちは、無事に出口に辿《たど》り着くことができた。

「みなさん、お疲れ様～。どうでした？　楽しめましたか？」

「ビックリしたけど、楽しかったわ！」

「僕も、マギっちと同じで楽しめました！　また来たいです！」

出口のところでお化け役のお姉さんが迎えてくれ、マギさんとリーリーが力一杯楽しかったことを伝える。

「ありがとう。他の友人たちにも紹介して来てちょうだいね。それに、定期的にお化け屋敷のギミックやコンセプトを変えていく予定だから今後も楽しみにしててね」

「お化け屋敷を改装したら、また来ますね！」

マギさんが力強く答えると、言葉を受け取ったお姉さんが柔らかな表情でマギさんとリーリーのスタンプカードにスタンプを押していく。

「それじゃあ、そっちのお兄さんとお化けが苦手な子はどうだった？　今回は楽しめたかな？」

お化け役のお姉さんが俺とクロードにも話を振れば、俺は乾いた笑みを浮かべる。

「あははは……怖くてビックリしましたけど、今回は楽しめました」

クロードのお陰で、少しだけ冷静にお化け屋敷のギミックについて考えることができ、恐怖心が減った。

それでも不意のギミックや不気味な雰囲気、俺たちの前後を進んでいる他の入場者の悲鳴や叫びなどの突発的な驚きで何度も体を硬直させたりもした。

そのために、楽しめたが精神的にも疲れたために、どこかで一休みしたい気分である。

そして、クロードに関しては――

「俺も楽しめたが、やはり驚かせ役の人的リソースが少なく感じたな」

「いやぁ、私たちもホラー映画みたいな凝った演出はしたいけどね。映画って、あのワンシーンのためならいくらでも人手を割けるけど、流れ作業で驚かせなきゃいけないお化け屋敷だと中々難しくてねぇ」

「確かにそうだな。だが、OSO内のアイテムなどを使えば、所々改良できる点は思い浮かんだな」

例えば、足下を通り抜ける無数のネズミ型MOBや頭上を飛び交うコウモリ型MOBなどの古典的な驚かせ方は、合成MOBや錬金MOBで再現可能だ。

驚かせ役も、人数を必要とする物や簡単な物に関しては、NPC《ノン・プレイヤー・キャラクター》を雇用してやらせることができる。

また、驚かせ役のバリエーションに関しても、カラクリ魔導人形を採用すれば、人には出せない人形の無機質さが新たな怖さを生むことができる。

他にも幾つかの気になったことを口にしていくクロードに、お化け役のお姉さんは嬉《うれ》しそうな笑みを浮かべている。

「いやぁ、お兄さんのアイディアは中々面白そうだね！　次にお化け屋敷を改装する時に試してもいいかしら？」

「好きにするといい。それと、もしもお化け屋敷に関しての相談がしたいなら、【コムネスティー喫茶洋服店】に来るといい」

そう言って、ちゃっかりとお化け役のお姉さんとフレンドを登録して人脈を広げている。

そんなクロードにジト目を向けつつ、お姉さんから3個目のスタンプを貰《もら》えた。

これで、ビンゴカードと交換すれば、ビンゴ大会に参加できる。

「ビンゴ大会まで、まだ時間があるがどうする？　まだ見て回る？」

「うーん。俺は、ちょっと疲れたから休みたいかなぁ……」

マギさんたちとのお化け屋敷は、楽しかったが、やはり苦手な物は精神的に疲れるので一休みしたい。

「それだったら、あそこに寄りたい！　やっぱり、気になるから」

「リーリー、あそこって？」

「使役MOBとのふれあい広場！　やっぱり、シアっちも呼んで一緒に楽しみたい！」

リーリーが言うのは、途中で通り過ぎてきた場所だ。

人の集まる自発イベントでは、リゥイたちパートナーを連れてゾロゾロと歩くと移動の邪魔になるために留守番をしてもらっていた。

だが、ふれあい広場なら呼び出しても一緒に雰囲気を楽しむことができそうだ。

「通り過ぎた時に見たけど、確かに一休みできそうなベンチとかあったわよね」

「なら、途中にイベント運営のテントがある。そこでビンゴカードを交換してもらってから行くとしようか」

俺としても拒否する理由もなく頷き、皆に合わせて移動する。

途中で見つけたテントでは、スタンプカードを渡してビンゴカードを交換してもらい、使役MOBとのふれあい広場に辿り着く。

「あー、ユンさんたちだ。こんにちは」

「おっ、レティーアも来たのか？」

前に通り過ぎた時と集まっている使役ＭＯＢの種類も変わっており、その中には、俺の知り合いの調教師であるレティーアも居《お》り、挨拶をくれる。

「あー、レティーアちゃん、久しぶり！　レティーアちゃんもふれあい広場に遊びに来たの？」

「いえ、私はふれあい広場のお手伝いをする側です。調教師たちが順番で使役ＭＯＢたちを召喚して、遊びに来る人たちと触れ合えるように待機してるんです」

レティーアが向ける視線の先には、彼女のパートナーである使役ＭＯＢたちが多くのプレイヤーや他の使役ＭＯＢたちと触れ合っている姿が見られる。

このふれあい広場は、使役ＭＯＢとプレイヤーの交流だけではなく、使役ＭＯＢ同士の交流の場でもあるようだ。

「私たちも加わりましょう！　リクール——《召喚》！」

「さて、俺も行くか。クツシタ——《召喚》！」

「シアっちも、出ておいで！　——《召喚》！」

マギさんとクロード、リーリーが召喚石を放り投げ、それぞれのパートナーを呼び出す。

「それじゃあ、私たちは、他のプレイヤーや使役MOBたちと交流してくるわね」

「マギさんたち、いってらっしゃい」

成獣状態で現われた魔氷狼《フェンリル》のリクールとその背に乗る幸運猫《ラック・キャット》のクツシタと不死鳥のネシアスは、周囲からの注目を集め、他の使役MOBたちの輪の中に加わっていく。

それを見送る俺にレティーアは、不思議そうに首を傾《かし》げている。

「ユンさんも呼び出さないんですか？」

「俺はマギさんたちとは別で休憩のつもりで来たんだけど……リゥイ、ザクロ、プラン、出てこい！——《召喚》！」

召喚石を放り投げて、俺もパートナーたちを呼び出そうとする。

リゥイとザクロが幼獣状態で現われて着地する中、イタズラ妖精のプランの召喚石だけは白い輝きが急激に膨張して、一定の大きさを超えた瞬間に破裂音を響かせる。

周囲に風が吹き抜け、花びらやキラキラと輝く光を振りまき、周囲の視線を集める。

「な、なんだ？　これ？」

まるで、クラッカーでも鳴らしたような破裂音と花吹雪に目を丸くする中、ヒラヒラと俺の目の前に葉っぱに書かれた手紙が揺れながら降りてくる。

「葉っぱの手紙？　えっと——『あたい、妖精郷《ようせいきょう》で遊んでるから、今は無理！』って

「……」

イタズラ妖精のプランからの手紙に肩を落とす俺とは対照的に、レティーアは小さくクスリと笑う。

「ふふっ、随分楽しげなお手紙が届きましたね」

「はぁ……プランは偶《たま》にこういうことがあるんだよなぁ」

使役MOBとしての特性か、イタズラ妖精のプランは非常に自由気ままだ。

今回みたいに召喚に応じない場合もあれば、呼び出しても面倒くさいとか環境が悪いなどと理由を付けて召喚石に戻っていくこともある。

そうかと思えば、勝手に召喚石から現《あら》われたりもするのだ。

まぁ、何度もしつこく召喚すれば出てきて協力してくれるし、《簡易召喚》などの使役MOBの力を一時的に借りるスキルは不発しないので特に問題はない。

「休むなら、あちらで一緒に休みませんか？」

「そうだな。そうしようか」

俺は、レティーアの案内でふれあい広場の端っこのベンチに腰を下ろす。

そんな俺の足下でリゥイが座り、ザクロは俺の膝の上に乗ってくる。

レティーアとも並んで座り、ぼんやりとふれあい広場を眺める中、レティーアのパートナーのフェアリー・パンサーのフユが、一羽《いちわ》の真っ白な丸々としたアヒルを背に乗せて戻ってきた。

「フユにサッちゃん。お帰りなさい」

「ニャッ」

「グワッ」

フユとサッちゃんと呼ばれるアヒルが鳴き声を上げて返事をする。

「サッちゃん……って、新しく仲間になったコールド・ダック？」

前に、ライナとアルからスクリーンショットを見せてもらった時は、レティーアやベルが抱きつけるほど大きかったのを思い出す。

「はい。サツキのサッちゃんです。今は【幼獣化】して抱えられる大きさですが、本来の大きさは抱きつけるサイズです」

フユの背中に乗れるほどの大きさの理由に納得し、【幼獣化】しても黄色い雛鳥《ひなどり》じゃなくて、ただの小型化かぁ、と苦笑いを浮かべる。

レティーアからコールド・ダックのサツキの紹介を受け、一緒にいるリゥイとザクロも興味を持ったようだ。

俺の膝から地面に飛び降りたザクロと同じように、フユの背から羽ばたきながら着地するサッちゃんは、ペタペタと水かきの付いた足でザクロに近寄る。

そして、ザクロとサツキが会話するように鳴き声を上げ、そこにリゥイやフユも交じり、その場に座り込んでじゃれ合いを始める。

「ユンさんのパートナーたちと仲良くできそうで良かったです」

「そうだな」

レティーアからコールド・ダックのサツキの紹介を受けた俺は、改めて伝えたいことがあったことを思い出す。

「ああ、そうだ。レティーア、おめでとう」

俺からの突然の祝福に、レティーアはきょとんとした表情でこちらに顔を向ける。

「どうしたんですか、急に？」

「いや、コールド・ダックのサツキが新しい仲間になったって、ライナとアルから聞いていたから、お祝いの言葉をな」

俺が気恥ずかしさに頬を指で掻《か》くと、レティーアは柔らかく微笑《ほほえ》む。

「ありがとうございます。ぜひ、お祝いに美味《おい》しい物を……」

「本当に、ちゃっかりしてるなぁ。うーん、あるとしたら前に作ったフロランタンとパウンドケーキくらいだぞ」

苦笑いする俺は、サンフラワーの種をアーモンドの代わりにして作ったフロランタンとパウンドケーキを取り出す。

どちらも人に渡す用に小分けした包みに入っており、それをレティーアに渡せば、嬉しそうに受け取り、それに気付いたフユやサツキ、俺のリゥイやザクロにも分けて一緒に味わう。

「そうだ。私からユンさんに相談があったんです」

そして、フロランタンとパウンドケーキを分け合っていたレティーアは、ふと何かを思い出したようだ。

「先日、冬イベントの告知がありましたよね」

「ああ、あったな。クエストイベントの復刻と五悪魔のダンジョンの恒常化。あとは、サプライズでスターゲート先に期間限定エリアが実装だっけ？」

「そうです。それで金チップが欲しいので、冬のクエストイベントを私たちと一緒にやりませんか？」

レティーアからの誘いは、正直有《あ》り難《がた》かった。

去年の冬のイベントは、事前に誰かとパーティーを組む約束をしなかったために、ソロ中心の立ち回りで、後は場当たり的に色んなクエストを受けていた。

そのため、一緒に手伝ってくれるプレイヤーがいるのは心強い。

ただ、金チップ……つまり、難易度の高いクエストへの誘いをレティーアがしてくることを珍しく感じる。

「俺はいいけど、何か理由でもあるのか？」

「実は……パートナーの使役MOBたちに伸び伸びと過ごしてもらうために、ユンさんの持つ【個人フィールド】。いえ、ギルド用の【ギルドエリア所有権】が欲しいのです」

「マジかぁ……まぁ、元々手狭だったもんな」

レティーアのギルド【新緑《しんりょく》の風《かぜ》】は、レティーアとライナとアルの三人の小規模ギルドではあるが、レティーアの使役MOBが沢山居るために結構手狭であった。

「他にも、パートナーたちの食料確保やそれぞれに適した空間で過ごしてもらうためにも欲しいんですよね」

たとえば、草食獣のハルやフェアリー・パンサーのフユには、走り回れる広々とした草原。

ミルバードのナツやラナーバグのキサラギなんかは、森林。

ウィル・オ・ウィスプのアキや風妖精のヤヨイには、花畑や薬草畑。

ガネーシャのムツキには、食べ物一杯の果樹園。

水竜のウヅキや新たに仲間になったコールド・ダックのサツキは、水浴びや泳げる水場など。

他にも今後も使役MOBが増えることを見越して、【ギルドエリア所有権】を求めているのだ。

「なるほどなぁ。だから、金チップが手に入るクエストの戦力として俺を誘ったのか」

「はい。気心が知れているのもあります。ちなみに、エミリさんとベルも協力してくれます」

「エミリさんとベルも？　ギルドメンバーじゃないのに？」

レティーアは、頷《うなず》きながら二人が手伝ってくれる理由を話す。

エミリさんには、ギルドエリアで作り出された環境から生み出される素材の供給。

ベルは、多くの使役MOBたちが利用できるように、他のプレイヤーたちにも公開して交流の場にするために協力してくれるそうだ。

「なるほどなぁ。ふれあい広場よりも規模が大きくなる感じか？」

「イメージとしては、そんな感じですね」

その後も、レティーアから具体的な協力の話を聞いた。

俺への誘いは、あくまでパーティーの戦力的なものであること。

エミリさんやベルのように協力するメリットを提示できないために、ギルドメンバーでもない俺からは金チップの提供は求めないことなどを話してくれる。

確かに、リゥイたちが伸び伸びと過ごす環境なら、俺の個人フィールドで十分だ。

更に、俺の個人フィールドにはまだ手付かずの土地が残っているために、金チップを提供する代わりにギルドエリアから得られる素材を供給してもらうことにメリットは薄い。

だけど――

「俺も協力するよ。レティーアのギルドエリア作りに」

「……良《い》いんですか？　金チップを提供することになるんですよ」

レティーアが僅かに目を見開きながら、問い返してくる。

確かに、俺へのメリットはない。

だが、俺の目の前でリゥイとザクロ、レティーアのフユとサツキが楽しそうにじゃれ合っている光景。

リクールが他の使役ＭＯＢたちと関わり合い、それを一歩引いたところから眺めるマギさんの姿。

ネシアスと共に、他の使役ＭＯＢたちを優しい手付きで撫《な》でて、目を輝かせて楽しそうにしているリーリー。

クッシタを肩に乗せたクロードが他の調教師プレイヤーたちと交流している姿など。

そうした光景が目の前のふれあい広場の所々で見られる。

それが、今日みたいな一過性のものではなく、俺たちが向かえばいつでも見られるようにしたい。

そして、その場所に俺のパートナーのリゥイやザクロ、プランたちが加わっている光景を見たいがために、俺は協力するのだ。

「確か、金チップ1枚と銀チップ4枚のレートで交換できたはずだよな。もし足りなかったら、イベント期間中に手に入れた銀チップを金チップに換えてでも提供するよ」

幸い、クエストチップの交換リストで欲しいアイテムはなかったはずだ。

「その代わり、ギルドエリアの環境を作る時は、ガッツリ手伝わせてもらう。俺の個人フィールドを作る時の練習台になってもらうからな」

俺が協力するメリットがないことをレティーアが気にしないように、取って付けたような理由を口にして笑みを浮かべれば、レティーアも小さく笑う。

「ありがとうございます、ユンさん」

「おーい、ユンくん！　少し早めだけど、ビンゴ会場に行かない？」

俺とレティーアとの話が一段落ついた時、マギさんたちも使役ＭＯＢとのふれあい広場を十分堪能《たんのう》したのか、晴れやかな表情で戻ってくる。

「そうですね。レティーアは、まだふれあい広場の当番なのか？」

「いえ、私も一緒にビンゴ大会に向かいます。それに途中で、エミリさんとも合流する予定です」

ベンチから立ち上がった俺が、レティーアに振り返り声を掛ければ、レティーアも一緒にビンゴ大会に行くようだ。

俺たちは、呼び出したリゥイたち使役ＭＯＢを召喚石に戻し、ビンゴ大会が開かれるステージ会場に向かうのだった。

●

ビンゴ大会に向かう途中、俺たちはレティーアと約束していたエミリさんと合流した。

「レティーア、お待たせ。って、ユンくんやマギさんたちも一緒に？」

「ふれあい広場で会いました。ビンゴ大会に向かうと聞いたので一緒に来たんです」

エミリさんは、レティーアの説明に納得して、六人でビンゴ大会に会場入りする。

「あの辺りが空《す》いてる。あそこに座りましょう」

少し早めに観客席にやってきた俺たちは、マギさんが見つけた空席に座り、ビンゴ大会が始まるまで談笑しながら待つ。

「私たちは【エキスパンション・キット】を狙ってるけど、レティーアちゃんとエミリちゃんは、なに狙い？」

マギさんがレティーアとエミリさんに尋ねれば、二人はステージ上に並べられていく景品を確かめるように眺める。

「私は食べ物狙いです。あそこにある、食材ボスドロップ詰め合わせが欲しいです」

「私の方は、自分で採りに行けない珍しい素材かしら」

力説するレティーアの視線の先には、壇上に置かれた籠の中にギッシリと詰め込まれた様々な食材アイテムがあり、エミリさんもまた様々な素材が纏《まと》められた場所を見ている。

二人らしいな、と微笑ましげに思いながら、俺も他にめぼしいアイテムがないか眺めている内に、ビンゴ大会の時間がやってきた。

『――本日は、プレイヤー主催のイベントに集まって頂き、ありがとうございます。イベントを楽しんで頂いた参加者へのプレゼントとして、これよりビンゴ大会を開催します。皆様、お手元にビンゴカードはご用意しているでしょうか？』

観客席に座るプレイヤーたちは、手に握り締めたビンゴカードを軽く掲げて、アピールしている。

俺たちもそれに倣《なら》い、同じようにビンゴカードを掲げて振れば、ステージ上の司会者が満足そうに頷く。

『ちゃんと、イベントを楽しみ、スタンプを集めてくださり、ありがとうございます。それでは、これよりビンゴ大会のルールを説明します』

ビンゴ大会のルールは、抽選器から出た番号を一つずつ公開していき、手元のビンゴカードに該当する番号があれば、チェックを入れていく。

そして、縦、横、斜めのいずれかリーチになったら、観客席から立ち上がり、ビンゴになったら、大声でビンゴと宣言すること。

ビンゴになったプレイヤーから順番に、壇上に登り、景品を選んでいく。

『もし、数字を見落としていたり、途中からビンゴに参加しても大丈夫です！　出た番号は開示し続けますので、その時にビンゴしていれば、名乗り出てください！』

それでは、始めますよ！　と司会者は言い、抽選器を回し始める。

「早いタイミングで出て欲しいなぁ」

「上手《うま》く、中央のフリースポットが絡《から》めば、最短で4個の数字でビンゴになるわよね」

ビンゴカードは、縦横5マスの中央のフリースポットを除く24マスにランダムに数字が振られている。

そのためには、最短で4回の抽選でビンゴになる。

『それでは、最初の数字は――「70」です！』

会場のあちこちで目を皿のようにしてビンゴカードから数字を探し出し、歓喜と落胆の声が響いている。

そして、司会者もビンゴ大会をサクサク進行するために、ビンゴ直前までは軽快に数字を出していく。

『続いての数字は――「25」！　その次は「43」です！　3個の数字が出ましたが、リーチの人はいらっしゃいますか？』

司会者に促されて会場の中でリーチで立ち上がる人が居た。

そして、俺たちの中でも互いにビンゴカードを確かめ合うが、大体一つか、二つ、数字が被《かぶ》る程度でビンゴまでは程遠い。

『それじゃあ、運命の4個目は――「69」です！』

最短ビンゴの可能性に会場のプレイヤーたちが固唾《かたず》を呑《の》むが、そこまで幸運なプレイヤーは居《お》らず、リーチで立ち上がる人が増えただけである。

「むむむっ……数字は被ったけど、上手くラインに繋《つな》がらないわね」

「あははは、そういうこともあるよ」

厳しい表情のエミリさんは、数字が三つ開いたが、どれもラインが繋がらない位置であるために、まだまだビンゴには程遠そうだ。

『次の番号は――「42」！』

5番目の数字では、またもや立ち上がる参加者が増える中、俺たちの中で立ち上がる者はいない。

『そろそろ最初のビンゴが出る頃かな？　次の番号は――「93」！』

『――ビンゴ！』

立ち上がっていたプレイヤーの一人が大声を上げて、壇上に向かって駆けていく。

『ビンゴおめでとうございます！　ご希望の景品はどれでしょうか？』

「えっと――アレをお願いします！」

壇上に立ち、多くの視線に晒《さら》されて緊張したのか声色が硬いが、しっかりと一番価値の高いアイテムを指差して受け取っていく。

その瞬間、同じ景品を狙っていた他のプレイヤーたちから落胆の声が上がり、会場の随所でおめでとうの歓声と拍手が送られている。

『さぁ、まだまだレアアイテムの景品は残っています！　気を落とさずにいきましょう！』

ステージ上では、初のビンゴに盛り上がる中、俺たちの中でもリーチが出る。

「やった！　あと一つでビンゴだ！　まだまだ欲しいアイテムを狙えるよ！」

リーリーが一番にリーチになって立ち上がる。

中央マスを絡めた斜めラインがリーチになっており、狙いの数字以外でもリーチのラインを増やしやすい形になっている。

『それでは、7番目の数字は――「15」です！』

「あー、全く違う数字だぁ～」

「私もリーチです」

リーリーは、ブツブツと狙いの数字を呟《つぶや》いて祈っていたが、欲しい数字と違って肩を落とす一方、レティーアがリーチになって立ち上がる。

また、新たなビンゴが二人出て、再び高額レアアイテムを景品として貰《もら》っていく。

『まだまだ、いきますよ～。8番目の数字は――「4」です！』

「あっ、当たりました」

「嘘《うそ》ぉおっ！　早いよー！」

リーチ直後に、即ビンゴしたレティーアの早さにリーリーが声を上げる中、今度の数字で俺とマギさんがリーチで立ち上がる。

８番目の数字ではレティーアを含む五人にビンゴが出てレティーア以外が高額アイテムを手に入れる。

そんな中でレティーア一人は、ボス食材詰め合わせを手に入れてステージ上でドヤ顔で掲げてみせるので、若干ピリついた会場の雰囲気が和らぐ。

『９番目の数字をいきますね。数字は――「31」！　今度のビンゴ者は？　珍しいですね、居ないみたいです！』

レティーアがホクホク顔で戻ってくる時、９番目の数字が出たが、今度はビンゴの人が出ずに新たなリーチで立ち上がる者がいただけで皆が安堵《あんど》する。

『10番目の数字は――「11」です』

「またダメだぁ～。でも、ダブルリーチになってる！」

リーリーは、着実に当たりの数字を増やす一方で、俺とマギさんのカードには数字は来ずに一喜一憂する。

そして、開示される数字が増えるほどにビンゴになる人も増え、今度は十数人が景品を受け取りにステージに上がっていく。

嬉《うれ》しそうに景品を受け取っていく参加者たちの中には、【エキスパンション・キット】

を選び取るプレイヤーもいる。

「次でビンゴ出なかったら、多分【エキスパンション・キット】は全部選ばれちゃうんでしょうね」

マギさんがそう呟くほどに、一度にビンゴになる人が増えているのだ。

「この段階でリーチが出ない俺には、絶対に手に入らないだろう。マギ、リーリー、ユン。後は頼んだぞ！」

クロードは、バラバラの配置でチェックされているビンゴカードを掲げて俺たちを応援する。

そして、運命の11番目の数字が開示される。

『レアアイテムは、残り僅かとなりつつある11番目の数字は――「40」です！』

「あー、やっぱりダメだ～！　マギっちはどう？」

「私もダメね。けど、まだビンゴは続くし、別の景品を貰うことにするわ」

マギさんとリーリーが当たらずに苦笑を浮かべる中、俺は小さく声を絞り出す。

「あ、当たった」

「ユンくん？」

「やりました！　ビンゴです！」

俺がマギさんたちに振り返って報告すれば、クロードとリーリーは驚いたように目を見開き、マギさんは、俺の手を取って一緒に喜んでくれる。

「ユンくん、おめでとう！　って、喜んでばかりじゃダメよ！　早く【エキスパンション・キット】を受け取りに行かなきゃ！」

「はっ⁉　そ、そうでした！　行ってきます！」

俺は、マギさんたちに送り出されてビンゴカードを手にステージに向かっていく。

今度もまた俺を含めて十数人のプレイヤーたちがビンゴになったようだ。

係のプレイヤーにビンゴカードをチェックしてもらい、ステージに上がれば、プレイヤーたちが三列に並んで順番に景品を選んでいる。

現在残っている景品は、ＮＰＣの売買価格が約１００万～２００万Ｇ帯のレアアイテムが幅広く残っている。

ビンゴに当たったプレイヤーたちは、その中から選んだ景品を持ってアピールしながらステージを下りていく。

（どうか、【エキスパンション・キット】だけは残ってくれ）

そう祈りながら待てば、【エキスパンション・キットⅠ】が残り一つとなった段階で俺の順番が回ってきた。

俺は、喜びながら最後の【エキスパンション・キット】に手を伸ばすが――

「――あっ」

隣の列に並んでいたプレイヤーと同時に、【エキスパンション・キット】に手を伸ばしたのだ。

その状態で互いに妙な気まずさが流れる中、俺が相手を観察すれば、装備に使われている素材の雰囲気から中級者と言った感じがする。

【エキスパンション・キット】を手に入れて装備を強くしたい。だけど、自分で取りに行けない。

そんな微妙なレベル帯のプレイヤーだと思い、問い掛ける。

「……その、【エキスパンション・キット】を自分で取りに行けない？」

「えっと……その……はい」

素直に頷《うなず》くプレイヤーに俺は、仕方がないと、内心苦笑いを浮かべて手を引く。

「それじゃあ、俺は、別のやつを選ぶよ」

「……良《い》いんですか？」

「うん。俺は、ほら自分で頑張れば取りに行けるから」

「ありがとうございます！」

小さく会釈《えしゃく》して【エキスパンション・キット】を受け取ったプレイヤーは、とても嬉しそうな表情でステージ上で掲げて仲間の待つ観客席に戻っていく。

もし、俺が自分を優先して【エキスパンション・キット】を受け取っていたら、あのプレイヤーにガッカリした顔をさせていたかもしれない。

それを思えば、自力で取りに行ける俺が譲ったところで何の問題もないんだ。

「さて、【エキスパンション・キット】は取れなかったし……これでいいか」

狙いの景品を得られなかった俺は、ビンゴの景品の山を眺める。

そして、価値の高いアイテム帯にある見覚えのない強化素材の一つを選び取り、マギさんたちの元に戻っていく。

「ユンくん、お帰り。【エキスパンション・キット】は、残念だったね」

ステージ上の俺たちを見ていたのか、マギさんがそう労《ねぎら》いの言葉を掛けてくれる。

「その、期待させちゃって、すみません」

「そんなことないよ！　それに元々ここで貰えなかったら【エキスパンション・キット】を取りに行こうって話してたじゃん！」

だから、大丈夫！　とリーリーの励ましの言葉に俺は、やっぱり譲って良かったと思う。

そして、観客席に座った俺は、引き続きビンゴ大会の結果を見守り、マギさんやリーリー、クロード、エミリさんがビンゴして景品を受け取るのを見る。

だが、四人が景品を受け取る頃には、高額な景品は無くなっており、代わりに参加賞扱いのポーション詰め合わせを受け取る。

『これにて、ビンゴ大会は終了しますが、イベント閉幕までビンゴの数字は各所の案内テントに開示しておきます！　またビンゴが揃《そろ》ったカードをお持ちの方は、テントの方で記念品と交換することもできます！』

どうやら、ビンゴ大会に参加できなくても、イベント自体の記念品という形でマギさんたちが貰ったポーション詰め合わせなどを貰えるらしい。

そうして目的のビンゴ大会を楽しんだ俺たちは、閉幕までブラブラと過ごそうか、と言う時、エミリさんにフレンド通信が届く。

「うん？　フレンド通信……何かしら？」

「エミリさん、どうしたの？」

「いえ……知り合いの生産職経由で【素材屋】に指名依頼があったのよ。タトゥーシール作りに使う【魔法のインク】と属性石を合成して属性インクを各種２００個作ってほしいって依頼がね」

俺は、その話を聞いて、もしや……とあることを思い浮かべる。

それは、マギさんやリーリー、クロードも同じようだが、エミリさんは気付かずに話を続ける。

「でも、妙なのよね。今まで関わりのないギルドからの依頼だし、【魔法のインク】ってあまり扱ったことのないアイテムなのに、何でか依頼アイテムが具体的で数が多いのよね。これじゃあ、一人で捌《さば》ききれないわよ」

「エミリさん、エミリさん……ユンさんたちの様子が……」

俺たちの様子に先に気付いたレティーアがエミリさんの肩を突《つつ》いて、伝える。

エミリさんの話に心当たりのある俺は、愛想笑《あいそわら》いを浮かべるが、ジトっとした目で見つめられて観念して話す。

「……それ、俺たちが原因の依頼かも」

タトゥーシール講座を開いていたギルドにお邪魔して、あれこれとタトゥーシール作りに新たな知見を与えたのだ。

その時、俺が【魔法のインク】と属性石を合成した属性インクを作り出し、その際に属性インクを頼むなら【素材屋】のエミリさんの方がいい、と名指しで口にしたのだ。

多分、それが原因でエミリさんのところに依頼が来たのだろう。

名前を口にしたのは俺だが、タトゥーシールの改良の切っ掛けを作り出した者としてマギさんたちも、何とも申し訳なさそうにしている。

「……はぁ、事情は分かったけど、私だけじゃ手が足りないから、ユンくんにも【錬金釜】と【分解炉】を手に入れて納品を手伝ってもらうわ」

「いいの？　俺が【錬金釜】と【分解炉】を手に入れて」

俺も【合成】と【錬金】センスが複合した【錬成】センスを持っている。

だが、【素材屋】のエミリさんと競合しないために、生産設備である【錬金釜】と【分解炉】は手に入れずに、元々のセンスに備わるスキルを使っていた。

それで不都合はなかったが、エミリさんには、必要なようだ。

「私が【錬金釜】で属性インクを作るにしても、どうしても私のエッセンスだけじゃ足りなくなりそうなのよ。だから、ユンくんにも手伝ってもらわないと」

「分かった。可能な限り、手伝うよ」

俺は、自分の発言で大変になったエミリさんを手伝うために、【錬金釜】と【分解炉】を手に入れることを決意する。

「なら、第三の町の錬金術師クエストをクリアしないとね」

「私たちもエミリちゃんを忙しくしちゃう一因だから、手伝うわ」

エミリさんが【錬金釜】と【分解炉】を手に入れる道順を示してくれ、マギさんもタトゥーシールの改良の火付け役になった負い目があるためか手伝いを申し出てくれる。

「僕もエミリっちを手伝うよ！　でも、【エキスパンション・キット】はどうする？　取りに行くのお預け？」

リーリーも錬金術師クエストを手伝ってくれるようだが、直前まで目的にしていた【エキスパンション・キット】の入手をどうするか気になる様子だ。

「確か、第三の町にも【エキスパンション・キット】が手に入る場所があったはずだ。並行して受ければ、効率的だろう」

「なるほど！　それならやりたいこと全部できるね！」

心配げなリーリーに対してクロードは、さも当然のように並行してやればいいと提案し、リーリーが満面の笑みを浮かべる。

俺もマギさんもやりたいことを全部やるために、頷き、錬金術師クエストと【エキスパンション・キット】の入手の同時攻略を目指すことになり、その日はログアウトするのだった。

三章　鉱山ダンジョンと盗掘チャレンジ

属性インクの大量生産に必要な生産施設――【錬金釜】と【分解炉】。

そして、装備スロットの増強アイテム――【エキスパンション・キットⅠ】。

その二つを同時に手に入れるために俺たちは、第三の町までやってきた。

「なんだか、こうして来るのは、久しぶりな気がするなぁ」

町のポータル周辺では、1周年アップデートで追加されたレイドボス【グレイトピラー討伐】の野良《のら》募集が行《おこ》なわれており、それを横目に町中に入っていく。

「まずは、錬金術師クエストを受注しないとね。ユンくん、場所は分かる？」

「はい。エミリさんに、場所を教えてもらいました」

俺は、マギさんたちを案内するように第三の町の外れにある小さなお店を目指す。

店の外観は、普通の薬屋っぽくポーションなどを売っている。

だが、店の奥には生産設備の【錬金釜】と【分解炉】が置かれ、ガラスタンクに属性ごとに貯《た》められたエッセンスが淡く輝いている。

「ユンっち。ここがそうなの？」

「えっと……多分、そうかな？」

俺が自信なく答えると、店の奥からヨレヨレの白衣を着た錬金術師ＮＰＣ《ノン・プレイヤー・キャラクター》が現《あら》われる。

「やぁ、いらっしゃい。何かお探しかい？」

「ここは、錬金術師のお店ですか？」

「そうだよ。欲しい商品があったら言ってね」

そう言って、店のカウンター席に座る錬金術師ＮＰＣだが、クエストが発生せずに戸惑う。

「なぁ、ユン。【錬成】センスを装備しないと、クエストは発生しないんじゃないのか？」

「あっ、そうか！」

俺は、クロードに指摘されて、自身のセンスステータスを変更する。

所持ＳＰ《センス・ポイント》60
【長弓Ｌｖ51】【魔弓《まきゅう》Ｌｖ47】【空の目Ｌｖ50】【看破Ｌｖ54】【剛力Ｌｖ26】【俊足Ｌｖ48】【魔道Ｌｖ47】【大地属性才能Ｌｖ35】【錬成Ｌｖ23】【潜伏Ｌｖ15】【付加術士《ふかじゅつし》Ｌｖ

29】【念動Lv21】

控え

【弓Lv55】【調薬師Lv50】【装飾師Lv18】【調教師Lv25】【料理人Lv28】【泳ぎLv26】【言語学Lv29】【登山Lv21】【生産職の心得Lv42】【身体耐性Lv5】【精神耐性Lv15】【急所の心得Lv20】【先制の心得Lv21】【釣りLv10】【栽培Lv26】【炎熱耐性Lv12】【寒冷耐性Lv4】

そして、俺が【錬成】センスを装備した瞬間、クエスト条件を満たしたのか、錬金術師NPCがこちらに声を掛けてくる。

「君。もしかして、戦える同業者かい？　それなら、君にお願いしたいことがあるんだ」

「よかった。これでクエストが受けられそうだ」

俺たちは反応が変わった事を喜びつつ、錬金術師NPCの話に耳を傾ける。

「実は、エッセンス……僕らの錬金術の一門が開発した素材から液状化した属性を抽出した汎用素材なんだけど、それが足りないんだ。だから戦えない私の代わりに、エッセンスが抽出できる属性系の素材を集めてくれないかい？」

――【雑務クエスト・錬金術のエッセンス】――
錬金術師は、素材から抽出した各属性のエッセンスを必要としている。
素材を渡すことで彼自身が素材を分解してエッセンスを抽出する。
抽出エッセンス一覧
火属性――0/1000
水属性――0/1000
風属性――0/1000
土属性――0/1000
光属性――0/1000
闇属性――0/1000

「もしも、必要なエッセンスを抽出できたら、僕らが使う【錬金釜】と【分解炉】を売ってあげるよ。もちろん、費用は別だけどね」

俺たちがクエストの内容を確認して受注すれば、錬金術師NPCは、そんなことをちゃっかりと言ってくる。

「ユンっち。錬金術師クエストは、素材指定なしの納品系クエストみたいだけど大丈夫？」

「大丈夫。エミリさんから事前にクエストの情報は教えてもらっていて、ちゃんと納品用の素材は用意してあるから」

錬金術師のクエストには、とにかく属性要素を持つ素材を規定数まで納品しなければならない。

レアな素材を提供すれば、一つでエッセンスが沢山貯まったりする。

だが、それは勿体《もったい》ないために、【アトリエール】で余り気味な素材や露店で捨て値で売られている素材を纏《まと》め買いしてインベントリに詰めてきたのだ。

それを錬金術師ＮＰＣの目の前でドサドサと取り出せば、せっせとカウンター奥の分解炉に押し込んで、徐々にタンクにエッセンスが貯まっていく。

そして、必要量を超えて抽出された余剰なエッセンスが安全弁から色付きの蒸気として放出され、ピィーピィーと甲高い笛のような音を響かせている。

そうして、納品した素材が全てエッセンスに変わり、タンクを満たしたことでクエストが達成された。

「ありがとう、君！　これで更に研究ができるよ！　それと錬金釜と分解炉も購入したいなら、声を掛けてね！」

本来なら何回もお店を往復して少しずつ素材を納品してエッセンスを貯めていくのだろう。

だが、事前に準備万端だったためにクエストが短時間で終わってしまい、変な感じがする。

そんな錬金術師NPCの話を聞き、この店の購入メニューを見れば、錬金釜が1500万G、分解炉が500万Gで追加されていたので購入する。

購入した分解炉は、初期では各属性のエッセンスが1000まで貯められる。

エッセンスを貯めるタンクの容量を拡張するためには、更に錬金術師NPCから別のクエストを受けなければいけないが、属性インク作りを手伝うならこれで十分なはずだ。

「これで錬金術師クエストは終わりなのよね」

「僕、ユンっちを手伝おうと思ってたけど、手伝う間もなく終わっちゃった」

マギさんとリーリーは、錬金術師クエストがあっさりと終わって残念そうにしている。

「あはははっ、確かに錬金術師クエストは終わったけど、肝心の属性インク作りに使うエッセンス用の素材がスッカラカンなんだよね」

「それじゃあ、そっちの素材は私が用意するわ」

「僕も余ってる素材、ユンっちに渡すね！」

「さて、錬金術師クエストも終わった事だし、鉱山ダンジョンに【エキスパンション・キット】を取りに行くか」

ついでに、雑多な素材も集めに行こうとクロードが音頭《おんど》を取る中、そんなクロードにリーリーが疑問を投げ掛ける。

「ねぇ、クロっち？　【エキスパンション・キット】が手に入るクエストを受注しなくて良いの？」

「そうね。クロードは、いつも勿体ぶるから早く説明しなさいよ」

俺もマギさんとリーリーと同じように、【エキスパンション・キット】の方もクエスト報酬で手に入る物かと思っていた。

だが、どうやらクエストによる報酬ではないらしく、クロードが歩きながら説明してくれる。

「鉱山ダンジョンの【エキスパンション・キット】は、クエスト報酬ではなく、鉱山ダンジョンに追加された隠し部屋の固定配置された宝箱から入手できるんだ」

「隠し部屋？」

「ああ、鉱山ダンジョン4階層の行き止まりの部屋に偽装された壁があって、その壁を破壊した先の隠し部屋に【エキスパンション・キット】があるんだ」

「4階層かぁ。結構、深いところまで行くんだなぁ」

クロードがアイテムを入手できる場所と方法を簡単に教えてくれるのに対して、俺はそこまでの道程を想像してぼやく。

「5階層には、ショートカット用のエレベーターがあるから、そこを経由すれば早いと思うけど、ユンくんはまだ登録してない？」

「はい。あんまり来る用事がなかったので……」

「マギっち、僕も3階層より下には行ったことないよ～！」

鉱山ダンジョンの移動ギミックとしては、アルケニーやボスのアラクネの出現する3階層A地区に脱出用のワイヤーとターザンロープが掛かっているが、そちらは一方向性の物である。

対するエレベーターは、一度登録すれば1階層から5階層へのショートカットが可能となるそうだ。

「火山エリアから入っても目的地までは早いが、急ぐわけでもない。1階層から順番に下っていけばいいだろう」

鉱山ダンジョンの4階層には、3階層のB地区の方から進むことができる。

そんな3階層B地区には、主にオーク系のＭＯＢが出現する。

オークたちは、HPと物理攻撃力のステータスに優れているが、3階層の適正レベルのプレイヤーと比べると、全体的にやや低めのステータスに設定されている。

だが、オークたちが弱いというわけではない。

オークたちは、3体から5体の集団で行動し、ランダムに割り振られた武器を扱い、連携もしてくるのだ。

武器には、剣や槍《やり》、盾持ち、後衛の弓や魔法使いの杖《つえ》持ちなどもいる。

また、オークの上位種であるオーク・チーフが、連携を指揮し、味方を鼓舞する咆哮《ほうこう》で周囲のオークたちのステータスを全体的に上昇させるバフを掛けてくる。

そのため、オークとプレイヤーとの基礎ステータスの差を縮め、プレイヤー個々の能力によるゴリ押しが通用しにくい調整となっているのだ。

鉱山ダンジョン3階層からは、金鉱石も採掘できるようになることから、プレイヤースキルを身に付けているか測れる場所として二重の意味で『試金石』などとも言われているのは余談だ。

「まぁ、今の俺たちだと、適正レベルより高いから通り抜けるのは簡単だろうがな」

「身も蓋もないなぁ」

クロードの言葉に俺が呆《あき》れたように呟《つぶや》き、マギさんは苦笑を浮かべる。

事実、オークたちがプレイヤーにとっての試金石になり得るのは、両者の実力が拮抗《きっこう》している状況だけである。

レベルを上げていれば、結局はゴリ押しできてしまうのだ。

そうこう話していれば、鉱山ダンジョンの入口に辿《たど》り着き、中に入っていく。

鉱山ダンジョンの敵ＭＯＢは、プレイヤーを見かければ襲ってくるアクティブＭＯＢである。

だが、プレイヤーとのレベル差が大きく開いている場合、戦闘による経験値やアイテムなどの旨《うま》みが薄い。

なので、雑魚《ざこ》敵との煩わしい戦闘ばかりが起こらないように、ノンアクティブ化して襲ってこなくなるのだ。

そのために鉱山ダンジョンの3階層までは、戦闘もなく最短で進むことができた。

「そう言えば、ユンくん？　ビンゴ大会で選んだ景品って何だったの？」

「あー、そう言えば、言ってませんでしたねぇ」

ビンゴ大会では、最後の【エキスパンション・キット】を他のプレイヤーに譲ったことで惜しくも手に入らずに、適当に価値の高い強化素材を選んだだけだった。

俺が改めてインベントリから取り出すと、クロードが驚き目を見開く。

「それは──【水亀のべっこう】か⁉」

「【水亀のべっこう】っていい追加効果なのか？」

「武器に付与すると【水属性向上】の効果じゃなかったかな？　同系統の追加効果にも重ねて付与できるはずだよ」

小首を傾《かし》げたリーリーが俺の掌《てのひら》の強化素材を眺めながら、教えてくれる。

同系統……つまり【水属性向上（小）】の付いた装備に使えば、一段上の【水属性向上（中）】へと引き上げることができるはずだ。

「なら、セイ姉ぇに渡せば、喜んでくれるかな？」

「待て待て！　それは、武器への付与の場合だ！　防具の場合は、ユンとの相性がいい！」

俺が手に入れた強化素材を躊躇《ためら》いなく手放そうとするので、クロードが慌てて止めながら、効果を教えてくれる。

「防具に使った場合には、一定量のダメージを防ぐバリアを張る【障壁生成（極小）】という追加効果を付与できる。それは、ユンとの相性がいいはずだ」

「うーん。でも極小だろ？　あんまり効果は高くないんじゃないか？　それなら別の追加効果の方が良くないか？」

追加効果に『極小』と付く通り、あまり効果量には期待できない。

また、耐久力を上げるために弱いバリアを張るくらいなら、耐久力に直結するＨＰ上昇系やダメージを抑える耐性系、ダメージ軽減系などの追加効果の方が有効だと思う。

「確かに、極小だと効果量は弱い。だが、【障壁生成】の追加効果は、一定量までのダメージを完全に抑える点にある」

「あっ、なるほど！　俺と相性がいいって言うより【身代わり宝玉の指輪】との相性がいいのか！」

俺は、ようやくクロードが言おうとすることを理解した。

俺が持つ【身代わり宝玉の指輪】は、指輪に嵌《は》め込んだ宝石のランクに応じた回数だけ、どんな攻撃でも無効化する効果を持つ。

そのために、どんな強力な攻撃でも無効化してきた強力な防御アイテムであるが、逆にどんなに弱い攻撃でも無効化して回数を無駄に消費してしまう欠点もあった。

それをバリアを張って防ぐことで、【身代わり宝玉の指輪】の無駄な消費を防ぐことができるのだ。

「いいな！　バリアと【身代わり宝玉の指輪】の組み合わせか！」

「それに【障壁生成】の追加効果で張られるバリアは、【自動修復】の効果範囲内でもあるんだ。だから、バリアさえ破られなければ、MPを消費して自動でバリアの耐久度が回復する」

「マジか！　そんなところにもシナジーがあったのか⁉」

バリアが破られれば、次のバリアが張られるまでに待機時間が発生するが、【自動修復】との組み合わせで思わぬ耐久力を獲得できそうだ。

そんな俺の防具に関して、マギさんも横から口を出してくる。

「それなら、第3階層のボスのレアドロップの強化素材も使ったらどうかしら？　あれって、防御系の追加効果に重ねて付与することができるはずよね」

だから、レアドロップを狙ってみる？　とマギさんからそのような提案を受けた俺は、目を点にしてしばらく考えが止まる。

●

鉱山ダンジョンの下層に向かうだけなら、各階層のボスを一度倒せばノンアクティブ化する。

だが、マギさんは、俺を強くするために、楽しそうにそのような提案をしてくれるのだ。

「えっと……迷惑じゃなければ、お手伝いお願いします」

「任せて！　そうと決まったら、早く3階層に行きましょう！」

本来の目的である【エキスパンション・キット】の入手には寄り道になってしまうが、
四人で意気揚々と鉱山ダンジョンを進み、3階層のB地区に足を踏み入れる。

「やっぱり、この階層のレベルだと、まだ手応えはないかぁ」

そう呟くマギさんが得物の戦斧《せんぷ》を振るう度に、現《あら》われるオークの集団が1体、また1体と倒れていく。

OSOプレイヤーの一つの難所である連携するオークへの対応も、俺たちのレベルになるとステータスによるゴリ押しが可能となってしまう。

そして、3階層を進み、ボスMOBのビッグオークが待ち構える広間に到達する。

ボスのビッグオークは、体長3メートルと通常のオークの倍近い大きさだが、単独で出現する。

「みんな、いくぞ！《空間付加《ゾーン・エンチャント》》――アタック、インテリジェンス、スピード！」

「はぁぁぁっ――《金剛破斬》！」

「その足貰《もら》うよ！――《ソード・サーキュラー》！」

俺が全員に三重のエンチャントを施せば、マギさんとリーリーがビッグオークに向かっビッグオークの武器と真っ正面から打ち合ったマギさんは、ぶつかり合う武器ごと戦斧を押し込んで斬り付ける。

側面から回り込んだリーリーがすれ違い様に回転連続斬りを見舞いながら反対側に駆け抜けていく。

『――フゴッ！』

戦闘開始直後に、マギさんとリーリーが放ったアーツがビッグオークにダメージを与えていく。

「ユン、足止めするぞ！ ――《グラビティ・ポイント》《シャドウ・ニードル》！」

クロードの放った闇魔法の重力球がビッグオークの速度を低下させ、更に影から太い影の棘が突き出し、ダメージを与えながら拘束していく。

「《呪加《カースド》》――ディフェンス、スピード！ ――《マッド・プール》《ゾーン・ライトウェイト》！」

片手を突き出した俺もカースドによる弱体化を重ね、ビッグオークの足下に泥沼を生み出し、マギさんとリーリーに《マッド・プール》の地形効果を無効化する軽量化スキルを施す。

「どんどん攻撃していくからね！　はぁぁあっ！」

「僕も負けないよ！」

『――ブヒィイイイッ！』

多重に掛けられたデバフと拘束から抜け出そうと暴れるビッグオークに対して、マギさんとリーリーが競うようにダメージを与えていく。

そしてHPがジワジワと減り、一定を超えたところで、ビッグオークが膝を突き、ダウンする。

「今だ――《ダーク・スピア》！」

「行けっ――《剛弓技・山崩し》！」

正面に立つマギさんが右に飛び退《の》いて射線を空けてくれた先――膝を突いて項垂《うなだ》れるように頭部をこちらに向けるビッグオークに、クロードの闇の槍と俺の強力な矢の一撃が放たれる。

『――ピギィイイイッ！』

頭部の急所に強烈な一撃を受けたビッグオークは、坑道内に悲鳴を響かせる。

だが、攻撃を受けた反動で拘束を引き千切ったビッグオークは、後衛の俺たちにヘイトを向けて走り込んでくる。

「ユンくん、クロード！　更に拘束！」

「了解した。――《シャドウ・ニードル》！」

「――《マッド・プール》！」

再び、拘束して一方的な戦いを展開し、それを何度か繰り返すとビッグオークは、最後は、弱々しい鳴き声と共に光の粒子となりながら倒れていく。

「ああ……ビッグオークってボスのはずなんだけど、簡単に倒せたなぁ」

ボスだからタフではあったが、連携を取り、拘束系のスキルを使って一方的な展開をすることができた。

「結構、良い感じで倒せたんじゃない？　この調子でジャンジャン倒すわよ！」

「よーし、ユンっちの使う強化素材が出るまで倒すぞー！」

前衛のマギさんとリーリーは、武器を構えたままボスのビッグオークがリポップするのを待つ。

程なくしてリポップしたビッグオークに再び挑み、しばらくして新たな断末魔の叫びが響く。

そして、ビッグオークを周回すること4回目――マギさんがドロップした強化素材【大豚人の牙】を持って振り返ってくる。

「ユンくん！【大豚人の牙】が出たわよ！」

「ありがとうございます」

マギさんは、特に気負うことなくビッグオークのレアドロップの【大豚人の牙】を俺に譲り、俺は小さく微笑《ほほえ》みながら受け取る。

「さて、寄り道も済んだことだし、今度こそ大本命の【エキスパンション・キット】を取りに行くか」

クロードに促された俺たちは、ボスの広間の奥にある4階層に通じる階段を下りていく。

「ここから先は、僕とユンっちは初めてなんだけど、どんな敵MOBが出るの？」

鉱山ダンジョンは、1階層ごとに敵MOBの強さが格段に上がっていく。

4階層では、3階層のオークたちより強い敵MOBが出てくることに顔が少し強張《こわば》る。

「4階層って確か……悪魔系のMOBが出現するはずよ」

「出現するMOBは、前衛のレッサーデーモンと三つ叉《また》の槍《やり》を持った中衛のレッドグレムリン、遠距離から魔法と妨害スキルを飛ばしてくるインプの三種類だな」

レッサーデーモンは、偶蹄目《ぐうていもく》の下半身と山羊《やぎ》の頭を持つ悪魔系MOBで基本の攻撃は、素手による殴り付けの前衛タイプだ。

だが、威力は低いものの魔法攻撃も使えるために、至近距離から魔法の不意打ちをしてくることがあるらしい。

レッドグレムリンは、真っ赤な肌に細長い手足、背中にコウモリの翼を生やしたＭＯＢだ。

防御力は低めだが攻撃力と素早さに優れ、長い手足から繰り出される三つ叉の槍は、伸びてくるような錯覚を覚えるそうだ。

そのため槍による突きは避《よ》けづらく、また背中のコウモリの翼で飛び上がったり、天井や壁を蹴って突撃してくるなど、変則的な挙動を見せる中衛タイプだ。

インプは、主に遠距離からランダム性の高い魔法を放ち、ごく稀《まれ》に極悪効果の物が発動することがあるらしい。

そんなＭＯＢが２～３体の集団で現われるそうだ。

「レッサーデーモンとレッドグレムリンは、ちょっと強そうだなぁ」

「その代わり、インプが一番倒しやすい感じかな？」

話を聞いた限りだと、インプを真っ先に倒して敵ＭＯＢの数を減らし、レッサーデーモンやレッドグレムリンを相手にするよう立ち回りをするのだと思う。

そんな感想を俺とリーリーが口にして、マギさんが正解と言うように頷《うなず》いている。

そんな中、クロードは神妙な表情で口を開く。

「この階層で一番怖いのは、インプのランダム魔法による事故だ。あれだけは、予備動作を見てから対策とかルーチンじゃない。咄嗟《とっさ》のアドリブが求められる」

俺とリーリーは、話が分からずに首を傾《かし》げ、リーリーが具体的に聞いていく。

「ねぇ、インプのランダム魔法？　って具体的にどういうのがあるの？」

「インプのランダム魔法は、通常でもこの階層のレベル帯に比べればやや弱い程度の威力で、一定確率で不発に終わることもあるんだ」

「インプがランダム魔法を不発にした時の、キョトンとした表情が可愛《かわい》いんだけどね」

「だが、中には可愛くない効果の魔法を使ってくるんだ」

マギさんは、インプが魔法を不発にした時の姿を思い出して微笑ましそうにするが、クロードの方は忌々《いまいま》しげに口元を歪《ゆが》めている。

「インプのランダム魔法で厄介な効果の物が幾つかある。その一つが自爆だ。自分を中心に敵味方問わず、周囲に大ダメージの爆発を引き起こすんだ。それでパーティーが壊滅した」

「他には何があったかしら……確か、魔眼ってのがあったわね。大きな目玉が現われて、プレイヤー全員に【混乱】や【魅了】の状態異常《バッドステータス》を付与して、同士討ちを誘うやつ」

「「うわぁ……」」

俺とリーリーは、自爆や同士討ちなどの光景を想像して、引いてしまう。

ただ、状態異常系《バッドステータス》のやつは、まだ事前に対策が取れるから優しい方らしい。

「それに、ランダム魔法の面白さと見た目から調教師プレイヤーにも人気なのよね」

インプが使役MOBとして人気なのは、実用性ではなくロマン砲的な意味で人気なことを想像して苦笑を浮かべてしまう。

「他にも厄介な魔法は多いが、機会があれば語ろう。それより【エキスパンション・キット】だ」

クロードは、インプのランダム魔法の説明を切り上げ、【エキスパンション・キット】のある隠し部屋を目指していく。

「なんか、敵MOBと全然遭遇しないね。ここって、こんなに少ないの？」

「いや、多分この階層にいるプレイヤーが多いから俺たちまで回ってこないのかもな」

鉱山ダンジョン4階層を進む中で、通路で他のパーティーと擦れ違ったり、少し離れた場所で敵MOBとの戦闘音が聞こえてきたりする。

きっと、俺たちと同じように【エキスパンション・キット】を取りに来たプレイヤーたちが、ついでに鉱山ダンジョンでレベリングしているのだろう。

そのために、敵MOBが湧くより早く討伐されて、俺たちと全然遭遇しないのだろう。

そして、運が良《い》いのか悪いのか、敵ＭＯＢと遭遇することなく目的地の付近まで辿《たど》り着くことができた。

「ねぇ、クロっち。いっぱい人が集まってるよ」

「彼らも固定配置の【エキスパンション・キット】が目的なんだろう」

冬イベント前に【エキスパンション・キット】を取りに来たプレイヤーたちが、行き止まりの小部屋の前で順番に並んで居た。

どうやら、行き止まりの部屋に誰も居ない状況を作ることで、隠し部屋の壁や固定配置の宝箱をリセットできるらしい。

そして、部屋の奥から戻ってくるパーティーを何組か見送り、俺たちの順番がやってきた。

「話では、この辺りのはずなんだが……ユンは何か感じるか？」

「うーん。あの岩の裏側に【看破】のセンスが反応してる」

俺は、行き止まりの部屋を軽く見渡し、【看破】のセンスが反応する場所を指差す。

「それじゃあ、次は私の出番ね！　あそこの壁を壊せばいいのよね！」

マギさんは、インベントリからアダマンタイト製のツルハシを取り出して、坑道の壁に振り下ろしていく。

ガツンとツルハシが突き刺さると、一発で坑道の壁がガラガラと崩れていき、隠し部屋への通路が露《あら》わになる。

「おー、本当にあった！　クロっち、あの先に【エキスパンション・キット】があるんだよね！」

「ああ、この先の隠し部屋に鍵の掛かった宝箱があって、その中に人数分の【エキスパンション・キット】があるはずだ」

そうしてクロードの言うとおり、隠し部屋の中に進んで行くと、岩を削って作られた台座の上に宝箱が置かれていた。

「それじゃあ、鍵をすぐに開けちゃうね！」

最後は、手先の器用なリーリーがインベントリから鍵の解除に使うピッキング道具を取り出し、鍵穴を弄《いじ》り始める。

「あー、これ、ちょっと難易度の高い鍵が掛かってる。罠《わな》はないけど、解除系センスのレベルが一定以上じゃないと絶対に開かないやつだ」

リーリーが漏らした独り言を聞きながら俺たちは、宝箱の鍵が開くのを静かに待つ。

カチャカチャと鍵穴を弄る音が聞こえる中、ガチャンと一際《ひときわ》大きな音が響き、リーリーが宝箱の蓋に手を掛ける。

「みんな、宝箱が開いたよ！」

「ありがとう、リーリー！　さぁ、みんな一つずつ取ろう！」

マギさんがリーリーにお礼を言い、宝箱の中に手を伸ばす。

全員が宝箱から【エキスパンション・キットⅠ】を一つずつ取り出し、胸の前で抱えるように持つ。

「それにしても、時価15億Gのアイテムが、あっさりと手に入るなんて……」

「まぁ、自力で手に入れようとすれば、こんなものよね」

現在高騰中の【エキスパンション・キット】が簡単に入手できたことに俺がしみじみと呟《つぶや》けば、マギさんも現在の価格と入手難易度の落差に苦笑を浮かべている。

そして、一番の目的を達成した俺たちは、気が緩んでいたのだろう。

俺たちが元来た道を戻ろうと振り返ると、入って来た部屋に小さな生き物たちが空中で佇《たたず》んでいたのだ。

『キシシシッ――』

捻《ねじ》れた角と八重歯のような牙、背中にコウモリの羽を持つ小さな丸みを帯びた生き物が3体、俺たちの目線の高さでパタパタと飛んでいたのだ。

小生意気そうな表情を浮かべて笑っている生き物の登場に驚き、凶悪さの足りないフォルムに毒気を抜かれてしまう。

一番近くに居た俺とリーリーは、警戒心なくそれを様子見するのに対して、俺の後ろに居たマギさんとクロードは、その正体に気付いて声を上げる。

「ユン、リーリー！　早くを仕留めろ！　そいつはインプだ！」

「――っ⁉」

クロードの言葉に、俺とリーリーが反射的に武器を振るう。

素早く飛び掛かったリーリーの短剣がインプを切り裂き、ダメージを与える。

リーリーから逃げるように距離を取るインプに俺も追撃の矢を放ち、矢に貫かれたインプは光の粒子となって消えていく。

マギさんとクロードもインプの1体を仕留めるが、最後のインプが翳《かざ》した手の正面に魔法陣が浮かび、妨害する間もなくランダム魔法が発動される。

辺り一面を真っ白に染め上げるランダム魔法の眩《まぶ》しさに反射的に目を瞑《つぶ》った俺は、身を守るために両腕を前で交差させて身構える。

だが、いつまでも衝撃が来ることはなく、恐る恐る目を開けた。

「……なんだ？　なにが起こったんだ？」

目を開いて俺が見たのは、代わり映えのしない、だが先程までとは違う場所に立っていたことだった。

●

インプのランダム魔法を受けた俺たちは、気付けば、見知らぬ場所にいた。

背後には、【エキスパンション・キット】の置かれた隠し部屋が消え去り、鉱山ダンジョンの通路の真ん中にぽつんと立っていたのだ。

周囲にはマギさんとリーリー、クロードも一緒に居るが、俺は何が起こったのか分からずに呆然《ぼうぜん》としてしまう。

「クソッ……近距離でインプのリポップが起きたのか。それにしても運がない」

「はっ⁉ ここはどこだ⁉ さっきの場所じゃないよな。何が起きたんだ？」

クロードの呟きで正気に戻った俺は、何が起きたのかクロードに尋ねる。

「インプのランダム魔法で引き起こされる強制転移だ」

「強制転移？」

俺とリーリーがオウム返しに聞き返すと、クロードは説明してくれる。

「インプのランダム魔法の中には、対象のパーティーを鉱山ダンジョンのどこかに転移させる魔法スキルがあるんだ」

「その結果が、今と……」

なんとも極悪な魔法が使えるなぁ、と遠い目をする俺に、クロードは淡々とインプのランダム魔法の脅威度について語ってくれる。

「ああ、別にランダム転移は、インプの最強魔法ではないぞ。古いＲＰＧみたくダンジョンの壁の中に転移して即死するわけではないからな」

「これで最強じゃないのか……」

インプのランダム魔法の中には、まだまだ危険な効果があると聞き、正直ドン引き気味である。

「とりあえず、どこに飛ばされたかハッキリさせるために、少し動かない？」

いつまでもこの場に留《とど》まるわけにもいかず、俺たちはマギさんの提案を受けてその場から移動を始める。

そして、程なくして通路の行き止まりの大広間に辿り着き、その場所に一体のＭＯＢが居るのを見つけた。

「うわぁ……なんか強そうなＭＯＢがいるよ」

凶悪そうな見た目のＭＯＢが居《お》り、思わず声を潜めて呟いてしまう。

牛の頭部と偶蹄目《ぐうていもく》の足、筋骨隆々な体を持つ2メートルを超える亜人型のMOB――ミノタウロスは、ハルバードのような柄の長い斧《おの》を肩に担《かつ》ぎ、体はバチバチと帯電させている。

帯電したミノタウロスの体から放たれた雷撃が大広間の内壁から露出する金鉱脈に吸収され、雷撃を蓄えた金鉱脈が徐々に発光を強め、限界に達した金鉱脈が逆に雷撃を放出している。

そんなミノタウロスを隠れて覗《のぞ》き込むクロードが息を呑《の》み、ポツリと呟く。

「……7階層だ」

「えっ？」

「ミノタウロスは、鉱山ダンジョン7階層のボスだ。ははっ、トッププレイヤーたちでも通常出現するMOBに負けるレベルの階層に俺たちはいる！　1階層どころじゃない。インプの強制転移で3階層も下に転移させられたんだ！」

7階層にいるという事に気付いたクロードが愉快そうに笑い、困惑する俺とリーリーに状況を説明してくれる。

「インプのランダム魔法で発動する強制転移は、対象のパーティーを上下3階層以内のどこかに送り込む魔法だ。転移する階層差が大きいほど確率は低いはずだが、一番深い場所に送り込まれるなんてな」

「普通は、4階層が適正レベルのプレイヤーが7階層なんかに送られたら、死んじゃうよ」

饒舌《じょうぜつ》に語るクロードにリーリーが抗議の声を上げるが、クロードは何でもないかのように窘《たしな》めてくる。

「そう不安がるな。別に、戻るだけなら適当な敵MOBに突撃して死に戻りするか、ログアウトして設定しているログインポイントからやり直せばいい。むしろ、ここに来ることなんて滅多にないんだ。貴重な体験だぞ」

「それは、そうかもしれないけど……って言うか、なんで7階層の情報なんてあるんだよ」

周囲には、遭遇すれば平気で死ねる敵MOBが出現する、と聞かされた俺は、落ち着きなく感じる。

「何もインプのランダム魔法の被害者は、俺たちだけじゃない。同じように7階層に飛ばされたプレイヤーが敵MOBから逃げながらマップや出現するMOB、採掘ポイントのアイテム情報などを調べ集めたそうだ」

検証プレイヤーたちは、7階層への強制転移を引き当てるまでインプのランダム魔法を受け続け、4~6層の階層をスキップして地道な情報収集を繰り返し、ボスのミノタウロスの存在を確認したそうだ。

「それにボスのいる大広間の採掘ポイントからは、レア鉱石が採掘できるらしいのよね」

クロードの説明を引き継いだマギさんは、俺とリーリーに向けてニヤリとイタズラっぽい笑みを浮かべる。

そして、俺たちに、とある提案をしてくる。

「普通なら入るのに苦労する7階層のボス手前まで来られた事だし、ちょっと盗掘チャレンジしてみない?」

「盗掘チャレンジ?」

「ボスの目を盗みながら、大広間のレア鉱石を採掘するの。ログアウトで脱出しちゃうと簡単には来られない場所だし、どうせ死に戻り前提でワンチャン試してみない?」

インプに強制転移させられて訪れたピンチは、降って湧いたレアアイテム入手のチャンスとなった。

「僕は賛成! 面白そうだからね!」

「俺も賛成だ! どうせ今日の目的は達成しているなら、気兼ねなく無茶ができる」

リーリーとクロードは、嬉々《きき》としてボスのミノタウロスに突っ込む気満々である。

「ユンくんはどうする？　無理強いはしないけど……」

悩む俺の顔を覗き込むマギさんに俺は、覚悟を決める。

「ああ、もう！　採掘役がマギさんで、他が時間稼ぎとなると、リーリーとクロードだけじゃ頼りないからやりますよ！」

回避重視の軽装短剣使いのリーリーと紙装甲な闇魔法使いのクロードでは、防御力に不安しかない。

それなら、肉壁は一人でも多い方が時間稼ぎはできるし、【身代わり宝玉の指輪】で一定回数の攻撃は受けられるはずだ。

「それじゃあ、決まりね！　もうちょっと作戦詰めようか！」

「マギが採掘する時に邪魔になるのは、ミノタウロスの雷撃だな。アレをどうやって防ぐか」

トッププレイヤーが平気で倒される威力の雷撃の防ぎ方に悩むマギさんとクロードに、俺はインベントリを確認して有用なアイテムを見つける。

「なぁ、クロード？　ミノタウロスの雷撃って魔法攻撃に分類されるのか？」

「確か、そのはずだ」

「なら、マギさんにこれを持ってもらうのはどうかな？」

俺が取り出したのは、【魔除《まよ》けの結界石】である。

極大サイズの宝石にEX《エクストラ》スキル【魔力付与】を施して作成した魔宝石とミスリル、聖水の三種類のアイテムを合成して作られる防御用の消費アイテムだ。

あらゆる攻撃を無効化する【身代わり宝玉の指輪】の下位互換になるが、上級魔法を1回だけ無効化する効果を持つ。

「これを持ってれば、ミノタウロスの雷撃は防げると思うんだけど、流石《さすが》に数が……」

極大サイズの宝石は、【錬金】センスの上位変換で同種の宝石を纏《まと》め上げて作られる。

また、《技能付加《スキル・エンチャント》》で二種類の魔法やスキルを封じ込めるマジックジェムにも魔宝石は使われているので、【魔除けの結界石】は手持ちに五つしかない。

「ねぇ、マギっち。対魔法武器で雷撃を打ち消せないかな？　マギっちに作ってもらった予備の短剣に付けてもらおうと、前々から必要な素材は用意してたんだよね」

俺に続き、リーリーがインベントリから、アダマンタイト製の短剣2本と武器の耐久度上昇の強化素材、追加効果を持った武器を幾つか。そして、【張替小槌《はりがえこづち》】を取り出す。

「なるほど！【封魔】系の追加効果ね！　雷撃は、風系統の属性攻撃だから、対魔法武器でも打ち消せる！」

マギさんとリーリーは、早速この場でアダマンタイト製の短剣に【封魔（風）】や【封魔（嵐）】を移し替え、耐久度上昇の追加効果を付与していく。

「採掘のマギに対魔法武器を持ったリーリーが護衛する形になると、ミノタウロスからのヘイトは、ユンが集めて、俺はそのサポートになるな。だが……」

クロードが声に出した作戦に特に異論はないが、クロード自身が何かを考え込みながら俯《うつむ》くために語尾も小さくなっていく。

そして、何かを決意して顔を上げたクロードは、俺に向かって一言——

「よし、ユン！　服を脱げ！」

「ユンくんに何言ってるのよ！」

「うおっ⁉　いきなり、武器を投げるな！」

クロードの突拍子もない一言にマギさんが【張替小槌】で追加効果を抜いた武器を投げ付け、クロードはそれを慌てて避《よ》ける。

正直、言われた俺も突然の事で引いているが、クロードにも言い分はあるようだ。

「ミノタウロスを前に耐久力を少しでも上げるために、ユンの防具に【障壁生成】を付与しようとしただけだ！」

「あっ、そうか！【エキスパンション・キット】を手に入れたからできるのか」

【エキスパンション・キット】で防具のオーカー・クリエイターの追加効果のスロットを

一つ増やし、そこに【水亀のべっこう】と【大豚人の牙】を使って【障壁生成（小）】を付与できれば、ないよりマシ程度ではあるが耐久力が上がる。

「分かった。それじゃあ、頼むな」

別の防具に切り替えた俺は、外したオーカー・クリエイターを【エキスパンション・キット】と強化素材と共にクロードに預ける。

そして、程なくして防具の強化が終わり、戻ってきたオーカー・クリエイターを【身代わり宝玉の指輪】と共に身に着ける。

【障壁生成】が付与されたけど、あんまり変わらないな」

「別に、見えるような色付きバリアが常に展開されてるわけじゃないからな。攻撃された瞬間、体に沿うような形でバリアがあるのを感じるらしい」

自分の体を触って確かめるも特に何も感じず、そう言うものかと納得する。

「さぁ、私とリーリーの準備は整ったわ」

「僕も、いつでも行けるよ！」

マギさんは採掘用のツルハシを担ぎ、リーリーは新たに作った対魔法武器を素振りしている。

「俺も問題はない。さぁ、開始のタイミングはユンに任せた」

俺がミノタウロスのヘイトを集めないと始まらないため、俺の初撃が重要になる。

「すぅ……はぁ……」

俺は、目を閉じて深い深呼吸をして、集中力を高める。

「《空間付加《ゾーン・エンチャント》》――ディフェンス、マインド、スピード！」

俺は全員に防御重視の三重エンチャントを掛けると、インベントリから取り出した矢を長弓に番《つが》えたまま、ミノタウロスのいる大広間に飛び込む。

「喰《く》らえっ――」

俺は、黒乙女《くろおとめ》の長弓《ながゆみ》を引き絞り、矢を放つ。

そして、ミノタウロスに着弾すると共に、大広間に反響するほどの大爆発を引き起こす。

「おー、これが噂《うわさ》に聞く爆発する矢ね！」

ニトロポーションと弓矢、金属インゴット、雷石の欠片《かけら》の四種類のアイテムを合成して作った――榴弾矢《りゅうだんや》の爆発を合図に、マギさんとリーリーが大広間の採掘ポイントに駆け出す。

俺は、ミノタウロスからヘイトを稼ぐために立て続けに榴弾矢を放ち、爆煙が立ち上り、ミノタウロスの姿が見えなくなる。

「ユン、動きを止めるなよ！　すぐに狩られるぞ！」

「分かってるよ！」

硬直の発生するスキルやアーツの使用が致命的な隙になる強敵に、油断は一切できない。

『ＢＵＭＯＯＯＯＯ――』

ミノタウロスが爆煙の中で咆哮《ほうこう》を上げ、煙を貫くように幾本もの雷撃が大広間を走る。

それが採掘ポイントを目指すマギさんに襲い掛かるが――

「たぁっ！　マギっちは、構わずに採掘して！」

「リーリー、背中は任せたからね！　はぁぁぁぁっ！」

対魔法武器を振るうリーリーが雷撃を切り裂き、マギさんは走る勢いのまま肩に担《かつ》いだツルハシを勢いよく採掘ポイントに振り下ろす。

『ＢＵＭＯＯＯＯＯ――』

「うへぇ、やっぱり迫力あるなぁ」

雷撃を放ち終えたミノタウロスは、ハルバードを振り回して周囲の煙を散らし、ヘイトの高い俺に向けて振り下ろしてくる。

「チッ、榴弾矢を受けてもＨＰが殆《ほとん》ど減ってない！　それに、速い！」

俺は、素早くその場から飛び退《の》くが、振り下ろされたハルバードが地面を砕き、細かな礫《つぶて》が飛び散る。

「痛っ！　でも、バリアが防いでくれる！」

砕けた地面から飛び散る礫にもダメージ判定があるが、防具に新たに付与した【障壁生成】でダメージを防いでくれる。

『BUMOO、BUMOO、BUMOOOO――』

こちらに向けたハルバードを小枝のように振り回すミノタウロスの攻撃を必死で避けつつ、なるべく時間を稼ぐ。

「大振りだから見切りやすいけど、ガンフー師匠並に速い！」

しかも、一発ノックアウトされる威力に、冷や汗を掻《か》きつつ、必死で避ける。

つい最近、クエストNPCのガンフー師匠との一騎打ちで磨かれたプレイヤースキルが無ければ、すぐにお陀仏《だぶつ》だっただろう。

だが、ガンフー師匠は攻撃に緩急があるのに対して、ミノタウロスは全力フルスロットル状態で避ける方も辛《つら》い。

「ユン、その調子だ！　――《ダーク・スピア》！」

後方のクロードが応援の声を掛けながら、闇属性の攻撃魔法と防御魔法を使っている。

大したダメージは与えられないが、二番目にヘイトを稼ぐことで俺が倒れた後にクロード自身にターゲットが向くように闇魔法を放っている。

そうして、俺とクロードがミノタウロスを引きつけている間に、リーリーが幾度かの雷撃を切り裂き、マギさんが採掘を進め――

「一箇所目の採掘ポイントが終わったわ！　次に向かう！」

「了解！　ヤバっ！」

ハルバードを避けた先で、ミノタウロスの巨軀《きょく》から放たれる雷撃が俺に向かってくる。

何とか体を捻《ひね》って雷撃を避けるが、避けた雷撃が大広間の壁に埋まる金鉱脈に吸収され、限界に達した金鉱脈が取り込んだ雷撃を放出していく。

無理な体勢で最初の雷撃を避けた俺に、背後から襲う2回目の雷撃が直撃する。

金鉱脈から放出された雷撃は、一瞬で俺の身を守るバリアを貫通してＨＰに届く。

【身代わり宝玉の指輪】で雷撃のダメージは防ぐも、崩れた体勢でミノタウロスのハルバードも避け続けるのは無理だった。

『ＢＵＭＯＯＯＯＯＯ――』

「ぐっ……一瞬で防御全部を抜かれた！」

壁から反射した雷撃とミノタウロスのハルバードは、完全に別々のタイミングで襲ってくるので避けづらく、連続で受けてしまった。

更に、振るわれたハルバードによって吹き飛ばされ、壁に叩《たた》き付けられたことでもダメージが発生する。

雷撃、ハルバードの斬撃、壁への衝突――合計3回のダメージを【身代わり宝玉の指輪】で防いだが、全ての使用回数を使い切り、台座の宝石が砕け散る。

「はぁはぁ……やっぱり、厳しいなぁ」

ハルバードの一撃で壁までノックバックして距離を取れたことで、体勢を立て直す余裕は生まれた。

そんな俺にミノタウロスが距離を詰め、ハルバードを高く掲げて振り下ろす。

俺は、壁際《かべぎわ》から逃げ出そうと走り出すが、振り下ろされたハルバードが地面を砕き、礫が飛び散る。

雷撃で【身代わり宝玉の指輪】とバリアを剝がされた俺は、飛び散る礫でダメージを受けるのを覚悟した。

「――《ヴォイド・ヴェール》！」

だが、俺と振り下ろされたハルバードの間に、暗い半透明の膜が現《あら》われて襲い来る礫を防いでくれる。

「クロード、サンキュー！」

「ユンの時間稼ぎが肝だ！　まだ耐えてもらうぞ！」

闇属性の防御魔法である《ヴォイド・ヴェール》で守られた後、しばらく攻撃を避け続けた俺は、【障壁生成】のバリアが復活するのを感じる。

「これでまた少しだけ、余裕が生まれた」

「二箇所目の採掘ポイントも終わり！　次でラスト！」

「了解、次も……って、なんだ？」

暴風のように振り回していたハルバードを両手で縦に持つミノタウロスは、巨軀に帯電していた雷を全てハルバードに流し込み始める。

「おいおい、見たことないモーションなんだけど⁉」

「俺の情報にもない！　全員、全力で避けろ！」

直後、両手で支えていた帯電するハルバードの石突きを地面に突き立てると、流し込まれた雷が一気に解放され、大広間に無数の雷撃が激しく飛び交い始める。

「全体への広範囲攻撃かよ！」

広範囲攻撃は、ヘイトに関係なく襲ってくる。

俺もクロードもとにかく走りながら、雷撃を避ける。

最後の採掘ポイントに向かって駆けながら無数の雷撃を避けるマギさんと、避けきれない雷撃をリーリーが割り込むようにして武器の短剣で振り払う。

そして、採掘ポイントに辿《たど》り着き、雷撃に背を向けてツルハシを振り上げるマギさんを守るようにリーリーが次々と襲い来る雷撃を振り払っていくが――

「マギっち！　ごめん、もう無理！」

【封魔】系の追加効果は、魔法を打ち消す度に武器の耐久度が減っていく。

無数の雷撃を打ち消してきたリーリーの武器は、限界に達し、刀身が砕けてしまう。

それでも最後は、リーリー自らが壁となって雷撃を防ぐもすぐにＨＰが尽きて倒れてしまう。

「させるか！　――《ヴォイド・ヴェール》！　ぐわぁぁあっ！」

「――《ゾーン・ストーン・ウォール》！」

俺とクロードが同時にマギさんを守るように防御魔法を発動させる。

暗い半透明な膜が雷撃を吸収するも破られ、俺の生み出した石壁は砕かれる。

またマギさんに持たせた【魔《ま》除《よ》けの結界石】も光の壁が雷撃一発を相殺《そうさい》する度に、一つずつ砕けて消えていく。

マギさんを守るために防御魔法を使った俺とクロードは、スキルの硬直で足を止め、迫っていた雷撃に次々と襲われる。

復活したバリアもＨＰも一気に消し飛ばされて、俺の視界が暗闇に覆われる。

すぐさま【完全蘇生薬《そせいやく》】を使って起き上がると、周囲に放っていた雷撃は止《や》んでおり、ミノタウロスが採掘しているマギさんに向かって歩いていた。

『BUMOOOOOO――！』

「ヤバい！　マギさん！」

俺とクロード、リーリーがほぼ同時に倒れたことで、ミノタウロスのターゲットが唯一残されたマギさんに変わっている。

蘇生薬で起き上がった俺たちが見たマギさんは、ミノタウロスと向かい合っていた。

「盗掘完了よ！　全部、掘り尽くしてやったわ！」

採掘に使ったツルハシを肩に担いだマギさんは、向かってくるミノタウロスのハルバードにツルハシを真っ正面からぶつけ、力負けしたダメージでＨＰを全て失う。

ただ最後には、とても気持ちの良《い》い笑みを浮かべて消えていくのだった。

その後、俺たちもミノタウロスに一矢《いっし》報いるように攻撃を加えてから再び倒される。

今度は、蘇生薬によるコンテニューではなく、第三の町のポータルでのリスポーンを選択するのだった。

四章　錬金設備と息抜きのケーキ作り

鉱山ダンジョン7階層のボス・ミノタウロスに負けた俺たちは、ボロボロになりながらも死に戻りした。

「負けたー！　でも、アイテム掠《かす》め取ったー！」

ポータルの目の前で座り込んだリーリーは、達成感と悔しさを混ぜたような声を上げている。

「みんな、お疲れ様！　協力してくれてありがとう！」

ボスの大広間で採掘をしたマギさんは、とても満足げな表情で俺たちを労《ねぎら》ってくれる。

「マギさんもお疲れ様です。ところで、何が手に入ったんですか？」

ボスの大広間から採掘できたアイテムについて尋ねると、マギさんは不敵な笑みを浮かべてインベントリから取り出す。

「じゃーん！【緋生金石《ひしょうきんせき》】ってレア鉱石よ！　全部で8個も集めることができたわ！」

「おー、なんか凄《すご》そうですね。金系統の鉱石かな？」

太陽のように赤みを帯びた金属鉱石の塊は、その色合いから温かみを感じる。

「まぁ、集めることはできたけど、これを加工するだけのレベルもインゴットにするための鉱石の数も足りないから、現状ではコレクションアイテムになっちゃうけどね」

マギさんの言うとおり、今はまだ誰も加工できない素材ではあるが、【緋生金石】を加工するという目標があることに嬉《うれ》しそうにしている。

「さて、採掘した【緋生金石】の配分についてだが……」

四人で協力してミノタウロスの目を盗んで採掘したレアアイテムの配分について、クロードが話を切り出す。

その際、クロードが俺とリーリーに目配せするので、俺たちは笑みを浮かべて頷《うなず》き返す。

「【緋生金石】は、全部マギに譲るのはどうだ？」

「僕も、さんせー！　マギっちが持っていいよー」

「俺もいいと思う」

「えっ⁉　いいの！　本当に⁉　でも8個だから、分けられるよ！」

クロードの提案を俺とリーリーも全力で支持すると、マギさんが驚く。

「裁縫師の俺が加工できないレア鉱石など持っていても、売って金にするか客寄せのオブジェにしかならん！　それに金など腐るほどあるから不要だ！」

「僕もクロっちと同じ理由！　それに四人で分けて2個ずつ貰《もら》っても使い道ないし……」

「正直、俺も扱い切れない素材ですし、ビッグオークの強化素材を譲ってもらったので、マギさんに譲ります」

俺たちがそれぞれの理由を口にすると、マギさんはおかしそうに笑う。

「もう、三人には貰いっぱなしよ。それにユンくんに渡した強化素材とじゃ、釣り合いが取れないわよ」

一頻《ひとしき》り笑ったマギさんは、大きく息を吸って呼吸を整え、俺たちの目を見つめてくる。

「いつか、【緋生金石】が扱えるようになるまで、預かっておくわね」

そう力強いマギさんの宣言に、やっぱりマギさんは格好いい人だなぁ、と素直に尊敬する。

それに今日の目的も全て終え、ミノタウロスとの戦いで死に戻りのデスペナルティーを受けている俺たちは、これ以上何かをする気力もなく、パーティーを解散する。

それから数日後——

「【錬金釜】と【分解炉】の設置は、ここで良いかな？」

俺は今、個人フィールドに建てた別荘に【錬金釜】と【分解炉】を設置していた。

【アトリエール】の工房部の方には既に、調合設備や鍛冶の魔導炉があり、これ以上の生産設備を置くと手狭になる。

そこで、内装が手付かずの個人フィールドの別荘に錬金釜と分解炉を設置して、こちらで作業することに決めたのだ。

「さて、属性インクを作る準備ができたことだし、納品する分を作ってみるか」

俺は、メニューを開き、フレンド通信で届いたエミリさんからのメッセージを確認する。

「えっと……『魔法のインク1個に対して、対応する属性のエッセンスは50以上を注入すると属性インクができる』と……。やっぱり、仕事早いなぁ」

各種属性インクの作成依頼を受けてから少ない時間で、もう属性インクのレシピを完成させている。

各属性200個ずつの納品の内――俺は、各属性を20個ずつ用意することになっている。他にエミリさんと繫《つな》がりのある錬金プレイヤーたちにも依頼を振り分けているそうだ。

「ベースになる魔法のインクとエッセンス用の各種素材は、マギさんたちが協力して送ってくれたから問題ないな」

エミリさんへの属性インクの大量発注は、俺たちが原因みたいなものだから、積極的に手伝ってくれた。

錬金釜と分解炉を手に入れてから今日までの間、俺とリーリーが魔法のインクを入手するためにドロップする敵ＭＯＢを倒しに出掛け、マギさんとクロードはエッセンス用の雑多な素材集めに協力してくれた。

そして、今日──エミリさんからレシピが届き、ようやく作成に取りかかれる。

「さて、まずは分解炉に素材を投入、っと……」

俺は、マギさんとクロードが集めてくれた素材を分解炉に入れていき、ガラスタンクにエッセンスが貯《た》まっていくのを見つめる。

「とりあえず、エッセンスがある程度貯まったし、まずは一つ試してみるか」

錬金釜に魔法のインクを入れ、コックを捻《ひね》ってガラスタンクに貯まった火属性のエッセンスを50まで注《つ》ぎ込んで蓋をする。

「久しぶりだけど、失敗するなよ。──《錬成》！」

そして、錬金釜に向けて【錬成】スキルを使う。

スキルを使った錬金釜に付けられた安全弁から蒸気が噴き出して、圧力鍋のような甲高い笛の音を上げて釜の蓋が開く。

「熱く、はないよな」

恐る恐る錬金釜に触れるが、別に火や熱を使って加工しているわけではないために熱くはない。

釜の底には、俺が合成スキルで作った物より色鮮やかな赤が生える【魔法のインク（火）】が残っていた。

多分、俺が前に作った物よりも品質がいいのだろう。

「とりあえず1本完成だな。錬金釜も熱くなってるわけじゃないし、連続で作っても問題なさそうだな」

次は、釜に入れる魔法のインクとエッセンスの数を増やして、纏《まと》めて複数本の錬成による大量生産を試す。

「3本同時に――《錬成》！　成功っと。じゃあ、4本同時は……うわっ失敗した」

俺の【錬成】センスのレベルが足りないのか、一定以上の数を纏めて錬成すると失敗してしまう。

失敗した錬金釜の底には、生産で失敗した時にできる毒物が残っていた。

「とりあえず、3本ずつ作るかな？」

一度に同時生産できる本数が増えると、錬成スキルでの消費MPも増えるために、MPポットを飲みながらの作業となる。

そうして属性インクを錬成していると、NPC《ノン・プレイヤー・キャラクター》のキョウコさんが別荘に入ってきて声を掛けてくれる。

「ユンさん。こちらで指示された畑を増やして作付けしておきましたよ」

「あっ、キョウコさん、ありがとう。これでエッセンスの供給の目処《めど》は立ったかな」

首を回して振り返る俺は、キョウコさんにお礼を言う。

実は、キョウコさんにお願いして個人フィールドにエッセンス用の薬草畑を作ってもらったのだ。

これで定期的に、エッセンス抽出用の素材を確保できるのだ。

そうしてキョウコさんが【個人フィールド】の扉を潜《くぐ》って、アトリエールの方に帰って行くのを見送り、属性インク作りの作業に戻る。

「よし、これでエミリさんに頼まれていた分は、完成したかな」

錬金釜で少しずつ属性インクを作っていった結果、各属性の魔法のインクを20個ずつ揃《そろ》えることができた。

だけど、分解炉のガラスタンクに残るエッセンスに目を向けて少し悩む。

「エッセンスが少し余ったなぁ。まぁ、ストックしたままにできるけど、自分用の属性インクのために使うかな」

タトゥーシール作り以外にも、何か別のことに使えるかもしれない。

そうしてマギさんたちが集めてくれた素材が残っているので、自分用の属性インクも作った後、フレンド通信でエミリさんに連絡を入れる。

「こんにちは。エミリさん、今いいかな？」

『ユンくん、どうしたの？　属性インク作りで何か手間取ってる？』

「いや、頼まれていた分の属性インクができたからその報告」

俺が頼まれていた分の属性インクの作成が終わった事を伝えると、エミリさんから驚いたような雰囲気を感じる。

『ユンくん、早いわね。【エキスパンション・キット】を取りに行く予定があるっぽいから、時間が掛かると思ってたけど……』

「【エキスパンション・キット】はもう取りに行ったよ。それに、マギさんたちも素材集めを手伝ってくれたから、レシピが届いてすぐに作ることができたんだ」

『完成したなら、私のところに持ってきてくれる？　あっ、ついでにユンくんのところにエッセンス用の素材が余ってない？　一緒に持ってきてくれたら嬉しいわ』

「分かった。それじゃあ、今から向かうね」

フレンド通信を切った俺は、インベントリに納品用の属性インクとエッセンス用の素材を持って、エミリさんの居る【素材屋】に向かう。

狭い路地裏にある【素材屋】に入れば、こちらを待っていたのか軽く手を上げて和やかに出迎えてくれる。

「ユンくん、いらっしゃい。待ってたわ」

「お邪魔します。納品分の属性インクとエッセンス用の素材を持ってきました」

「ありがとう。これで作業に戻れるわ。とりあえず、属性インクと素材の代金は払うね」

「いや、急な属性インクの発注は、俺たちが原因だから代金はいいよ」

お詫《わ》びのつもりで申し出る俺にエミリさんは、やや不満そうな表情を浮かべる。

「それとこれとは別よ。ただ、それだとユンくんが納得しないと思うからエッセンス用の素材だけはタダで貰うわ」

そう言ってエミリさんは、俺が反論する間もなく属性インクの代金を渡してくる。

「それにしても、こんなにエッセンス用の素材を分けてくれて平気？　ユンくんの使う分は無くならない？」

俺からエッセンス用の素材を受け取ったエミリさんは、素材を分解炉に入れながら聞いてくる。

「個人フィールドにエッセンス用の薬草畑を用意したから、時間さえあれば、少しずつ集まるようにしたんだ」

「【個人フィールド】で素材を栽培できるのは、羨ましいわねぇ。私もレティーアの作るギルドエリアには、エッセンス用の薬草畑も追加してもらおう」

レティーアは、使役MOBたちのためにギルドエリアの入手を目指し、俺とエミリさんも協力する予定だ。

そんなレティーアからの見返りとしてエミリさんは、ギルドエリアの一角を借り受ける予定らしい。

「薬草畑⁉ お世話させてほしい！」

そんなエミリさんの言葉を聞いて、エミリさんの水妖精が勢いよく飛んでくる。

「はいはい。その内に、土地を借りられたらね」

「楽しみにしてる！」

エミリさんが優しく語り掛ければ、水妖精は元気よく部屋の中を飛び回る。

「エミリさんもレティーアのギルドエリア入手を手伝うんだよね。理由ってやっぱり、水妖精のため？」

「ええ、前々から植物を育てたいって言ってたけど、部屋の中のプランター栽培で我慢させてたから。錬金プレイヤーとしての実益も兼ねてだけどね」

そうエミリさんは、笑って答えてくれる。

「さてと、あんまり長居して邪魔になるといけないから、俺は帰るね」

「ユンくん。改めて、手伝ってくれてありがとう。何かこの後に用事でもあるの？」

「うーん。特に用事はないけど、やっぱり冬イベントが近いから、少しでもできることはしたいかな」

マギさんたちと鉱山ダンジョンの【エキスパンション・キット】を取りに行ったが、できれば、もう1個は手に入れたい。

武器と防具に続き、次はアクセサリーのスロットの拡張に使いたいのだ。

他にも、冬イベントに向けて戦闘系センスをレベリングしたり——

前回のクエストチップイベントで効率の良かった納品系クエストで必要なアイテムを事前に集めたり——

戦闘で頻繁に使う消費アイテムを補充しておく——など。

やりたいことは沢山ある。

「冬イベのクエストチップ集めは、頼りにしているからね」

意味深な笑みでエミリさんからそう言われ、俺は困ったように笑い返し、【素材屋】を後にするのだった。

冬のイベントに向けての準備を始めて数日が経《た》った俺だが、実際に進めている内に思うように進まないことに気付いた。

「はぁ、暇な時間が多くできちゃったなぁ」

手持ち無沙汰から【アトリエール】の在庫を何度も確認するが、それで目当てのアイテムが増えるわけでもなく、溜息《ためいき》を吐《つ》く。

【錬金釜】と【分解炉】を手に入れたことで、今までエミリさんに頼っていた【血の宝珠】を自分でも作れるようになった。

【血の宝珠】は、【完全蘇生薬《そせい》】に必要な制限解除素材で、血液系アイテムを【錬成】センスで変換して作り出せる。

作り方は、飛竜や蛇系、恐竜系MOBの血液アイテムを錬金釜に入れてエッセンスを注入した素材を10個揃えて、【上位変換】スキルを使うことで【血の宝珠】ができる。

「エッセンス用の素材が尽きたから、栽培した薬草待ちだなぁ」

だが、【血の宝珠】を3個作るだけでエッセンス用の素材が底を突いてしまった。

そのため今は、エッセンス用の薬草畑から収穫される素材待ちの状態であった。

「それに、エッセンス用の素材がないから他のアイテムの用意もしたけど、それも終わっちゃったなぁ……」

多くのアイテムは、日頃、【アトリエール】の在庫になるようにストックしている。

個別で用意したいアイテムには、鉱山ダンジョン7階層のミノタウロスとの戦いで使ったマジックジェム用の魔宝石と榴弾矢《りゅうだんや》がある。

魔宝石は、極大サイズの宝石にEX《エクストラ》スキル【魔力付与】で変質化させることで作り出せる。

その前段階として、宝石の原石を大量に集めて、生産スキルの《研磨》を使って磨き上げた宝石たちを【錬金】センスの【上位変換】スキルを繰り返して大きくしていく。

榴弾矢の方は、攻撃用アイテムの【ニトロポーション】を含む四種類のアイテムをスキルで合成する必要がある。

だが、他の合成素材となる隕星鋼《いんせいこう》のインゴットの手持ちが少ないために、その前段階となる【ニトロポーション】を魔宝石と交互に作成した。

足りない素材はNPCのキョウコさんに買い出しを頼み、ここ数日はそれを繰り返しながら冬イベントの準備を進めた。

その結果――しばらくは使い切れないほどの【ニトロポーション】がインベントリに収まっていた。

「やべぇ、作りすぎたかも……」

インベントリには数百本という爆薬が収まっており、文字通りの『歩く火薬庫』状態に若干遠い目になる。

だが、問題は素材が尽きるまで【ニトロポーション】を生産した後だった。

「あっ、MPが回復してる。――《研磨》《上位変換》っと」

メニューからインベントリ内の宝石の原石をスキルで研磨し、そのまま【上位変換】スキルで極大サイズに変えれば、インベントリに極大サイズの宝石が3個増える。

だが、その数秒の間で、またMPが尽きて暇になってしまうのだ。

数日前までは、MPが尽きた時は、回復するまでMP不要で作れる【ニトロポーション】を調合していたが、今はその素材もない。

ならば、MPが回復するMPポットを飲んでスキル生産を続ける気概もない。

「あー、どうするかなぁ～」

「ねぇねぇ、なにやってるの？」

【アトリエール】のカウンターでグダグダしている俺を見かねたのか、リゥイとザクロと共に現《あら》われたイタズラ妖精のプランが話し掛けてくる。

「うん？　ＭＰの自然回復中は暇だから、何をしようか悩んでる」

困ったように笑いながら俺は、プランたちに今の状況を説明する。

そして、イタズラ妖精のプランが俺に、新しい目的を与える言葉をくれる。

「それじゃあ、ケーキ作ってよ！　あたい！　今年もケーキを楽しみにしてたんだよね！」

「ケーキかぁ……そう言えば、去年も作ったよなぁ」

去年は、冬イベント前にケーキ作りに没頭して、イベントで誰かとパーティーを組む約束を忘れたことを思い出して、苦笑いを浮かべる。

だが、魔宝石のスキル生産で消費したＭＰが自然回復するまでの合間に、ケーキを作るのは良《い》いかもしれない。

「ありがとう、プラン。今年もケーキを作ることにしたよ」

「やったー！　ケーキができるの楽しみにしてる！」

プランが全身で喜びを表《あら》わし、リゥイとザクロも嬉《うれ》しそうに目を輝かせている。

他にも視線を感じて窓の外を見れば、【アトリエール】の窓枠からこっそりと覗《のぞ》き込んでいた妖精ＮＰＣたちが居た。

「そう言えば、去年はちょこちょこプランに摘まみ食いされたっけな」

今年は摘まみ食い用のカットフルーツやスポンジ生地の切れ端などを多めに用意した方が良さそうだと思いながら、ケーキのレシピを確認する。

「さて、今年は去年と同じケーキでいいかな？　そうだ！　チョコレートケーキも追加で作ろう！」

去年は、イチゴのショートケーキとフルーツロールケーキを作った。

今年は、南の孤島エリアに進出したことでカカオが手に入るようになり、チョコレートを作れるようになった。

そのため、南の孤島エリアのカカオを使ったチョコレートケーキも新たに作っても良さそうだと考える。

イチゴのショートケーキとフルーツロールケーキ、チョコレートケーキの三種類を作ることを決めて、リゥイやザクロ、プラン、それに妖精NPCたちに見守られながら、クリスマスのケーキ作りを始める。

去年より料理センスのレベルが上がったことで、今年はより強いセンスのアシストを受けて、ケーキを手際《てぎわ》よく作ることができた。

「これなら、同じ時間で去年より多くのケーキが作れそう！」

「よーし、あたいたちも手伝うぞー！」

「「「おー！」」」

プランを始め、妖精NPCたちも続々と現れ、魔法で料理を手伝ってくれる。

複数の妖精たちがボウルを支え、風妖精たちが風魔法でボウルの中身を掻《か》き混ぜて、どんどんとケーキの生地やデコレーション用のクリームが作られていく。

「次！　火妖精たち、出撃！」

「「「らじゃー！」」」

プランの指示で、生地を流し込んだケーキの型の周りに集まった火妖精たちが、ムムムッと手を翳《かざ》し始めるとオーブンで焼いた時と同じように焼け始める。

周囲には、沢山のケーキの生地が同時に焼ける美味《おい》しそうな匂いが漂ってくる。

「……ファンタジーだよなぁ」

火妖精たちが手を翳すと、オーブンの代わりになるなんて、ファンタジー凄《すご》いなぁーと思いながら、俺も【アトリエール】のオーブンストーブに入れたケーキ生地が焼き上がるのを待つ。

そして、待つ間に自然回復していたMPを使って魔宝石の生産を実行していると、プランたちが生地の焼き上がりを教えてくれる。

「ケーキ焼けたよー！　ねぇ、これ一つだけ、あたいたちで味見していい？」

「スポンジ生地は、粗熱を取るためにもう少し置いた方が良いんじゃないか？」

「えー、折角ケーキができたのに、すぐに味見できないの？」

期待するようなキラキラとした目を向けていたプランたち妖精だが、粗熱を取るために置いておくことを伝えると、不満の声が上がる。

そんなプランたちに交じり、こちらを見守っていたリゥイとザクロの残念がる姿もあり、思わず吹き出してしまう。

「別のお菓子を出すから、粗熱が取れるまでは我慢してくれ」

俺が、プレイヤーの自発イベントの屋台で買った一口ドーナツの容器をインベントリから取り出すと、プランたちが一斉に集まる。

「きゅう～」

一口ドーナツの容器に妖精たちが群がるためにリゥイとザクロは、入り込むタイミングが摑《つか》めずに羨ましそうな視線を向けていた。

そんなリゥイとザクロに気付いた何人かの妖精たちは、リゥイたちの代わりに一口ドーナツを取りに行って、全員に行き渡らせて美味しそうに食べている。

そんな光景にホッコリしていると――

「――ユンお姉ちゃん！　ありったけの【ニトロポーション】を売ってちょうだい！」

動物と妖精たちとのファンタジーなほんわか空間をぶち壊すように、突然【アトリエール】に飛び込んで来たミュウが物騒なことを口走っている。

「ミュウさん！　いきなりそんなこと言ったら、ユンさんが困ってしまいますよ！」

「ユンさん、お邪魔します！　うわぁ、美味しそうな匂い！」

ミュウの後を追って入ってきたルカートがミュウを窘《たしな》め、続くヒノが店に広がるケーキの焼けた匂いに気付いて声を上げる。

その後もトウトビやコハク、リレイたちも店に入り、沢山の妖精たちが集まってお菓子を食べている様子に驚きや興奮で目を輝かせている。

「あっ、ユンお姉ちゃん、ケーキ作ってたの？」

「ダメだぞ。これは、クリスマス用だからな」

目で食べさせてと訴えてくるミュウに俺が理由を伝えて拒めば、納得してくれる。

「じゃあ、クリスマスのお楽しみだね！　って、忘れるところだった！　ありったけの【ニトロポーション】を売ってちょうだい！」

「待て待て……なんで、唐突に【ニトロポーション】が欲しいんだ？　それにありったけって、何と戦う気だよ」

ケーキ作りをする前に作った【ニトロポーション】が沢山ある。

ミュウたちに多少売っても問題はないが……その用途が気になる。

「スライムだよ！　あの憎っくきスライムを倒すためだよ！」

ミュウのセリフに俺は、【アトリエール】の外にある薬草畑で働いている合成MOBのジェルたちを見る。

一般的なゲームで見られるスライムのようなジェルたちは、一生懸命に薬草畑のお世話をしている。

またOSOのスライムとは、最序盤に出現する雑魚《ざこ》MOBでもある。

「ミュウ……最弱のスライムに【ニトロポーション】なんて爆薬を使うなんて、本当に何があったし……」

若干引き気味になる俺がミュウに聞くが、その考えをミュウに否定される。

「ちがーう！　一番弱いスライムじゃなくて、他の巨大スライムに使うの！」

「えっと、私から詳しく説明しますね」

興奮したミュウの説明では埒《らち》が明かないために、ルカートが代わりに説明してくれる。

「私たちは、とある討伐クエストを受けて、巨大なボススライムと戦うことになったんです。それで、負けてしまいまして……」

「それで、巨大スライムとニトロポーションがどう繋《つな》がってくるんだ？」

ミュウたちは、実力のあるパーティーである。

確かに、初見のボス討伐などで失敗することもあるだろうが、何回も挑めばコツを摑んで倒せるだろう。

こんなにミュウが興奮するほど、ニトロポーションを求める必要性があるとは思えない。

「実は、ボスの巨大スライムには厄介な特性が二つあるんです」

「厄介な特性？」

「はい。その特性と言うのが――分裂するんですよ」

「……分裂」

真剣なルカートの言葉を復唱した俺は、分裂した無数のスライム同士がスーパーボールのように反発しあって盛大に飛び回る状況を想像する。

「ボスの巨大スライムにはＨＰバーがなく、代わりに体を構成するスライムの体積がＨＰの代わりになっているんです。そして、巨大スライムの体積を減らすには、攻撃を当てて分裂したスライムを更に倒していく必要があるんです」

また、攻撃を当てて分裂したスライムは、独立してプレイヤーに襲い掛かり、一定時間が経《た》つと本体の巨大スライムに戻っていくそうだ。

だが、ルカートの説明を聞いていると、ボスの巨大スライムが取り巻きのスライムを生み出しても多少戦闘の邪魔になるだけで倒せるのでは？　と思ってしまう。

「それくらいだったら、魔法の範囲攻撃なんかで一掃できるんじゃないのか？」

「それを難しくするのが、二つ目の特性にある高い魔法耐性なんです」

「ああ、なるほどな。段々と話が見えてきた」

ボスの巨大スライムは、攻撃を受けるとダメージに応じた数のスライムを分裂させる。

だが、大ダメージを与えやすく、また分裂したスライムを一掃できる魔法攻撃には、高い耐性を付けることでボスの難易度を引き上げているようだ。

「それに、魔法攻撃の効率が悪いから近づいて攻撃すると、目の前で分裂したスライムが弾《はじ》けて危ないんだよね」

ルカートの説明にヒノも補足に加わり、いくつかの厄介な状況を説明してくれる。

例えば、巨大スライムに近距離から攻撃を加えた場合、カウンター気味に分裂したスライムが至近距離から飛んでくるために回避が難しいそうだ。

「それに、分裂したスライムも地味に危ないんだよ！　数が増えると防ぎ切れないし、こっちの攻撃を何発か耐えてくるし、ノックバック耐性が低いから攻撃するとすぐに反動で遠くに飛んでいっちゃうんだよ！」

「……分裂スライムを確実に減らすのは、難しいんですよね」

ルカートが話してくれている間に、少し落ち着いたミュウも説明に加わり、トウトビも小さく呟《つぶや》いている。

「なるほど。確かに魔法耐性のある敵に物理攻撃アイテムの【ニトロポーション】を投げるのは有効だよな」

「でしょ！　それにアイテムだからスキルの硬直時間が発生しないし、威力も高いから一発で纏《まと》めて分裂スライムを倒す事もできる！」

ようやくミュウたちが【ニトロポーション】を欲しがる理由を理解することができた。

「わかった。そういうことなら【ニトロポーション】を売る。って言うか、タダでいいよ」

「えっ！　ホント!?」

俺の言葉にミュウが驚きの声を上げ、ルカートたちも目を見開いている。

俺が【ニトロポーション】を大量に作れたのは、先月にガンフー師匠との戦いをミュウたちがバックアップしてくれたお陰だ。

その時にミュウたちが俺の代わりに素材となる【神秘の黒鉱油】を採取しに行ってくれたから、その時の残りで大量に作ることができたのだ。

「その代わりに、俺とガンフー師匠との戦いを観戦した時みたいに、今度は俺を楽しませてくれよ」

「ってことは、ユンお姉ちゃんが巨大スライムとの戦いを観《み》に付いてくるの⁉　それじゃあ、恥ずかしい姿は見せられないね！」

俺に観られると分かり、更にやる気になるミュウたちに俺は【ニトロポーション】を渡していく。

「いきなりぶっつけ本番で使うのは危ないから、俺の個人フィールドの空き地で威力や範囲、使い勝手を確かめてきたらどうだ？」

「うん！　そうする！　ルカちゃんたち、行こうよ！」

そう言って俺の個人フィールドに繋がる扉を通り抜けていくミュウたち。

リレイだけは、プランたち女の子タイプの妖精ＮＰＣが一口ドーナツを頬張っている姿にデレデレした表情を浮かべ、コハクに引っ張られていく。

そんなミュウたちが個人フィールドの扉に入っていくのを見送った後、粗熱の取れたスポンジケーキに生クリームやカットフルーツで飾り付けしてケーキを完成させていくのだった。

「ユンお姉ちゃん！　こっちだよ！」

ケーキ作りをした数日後――金曜日の夕食後にＯＳＯにログインした俺とミュウは、巨大スライムにリベンジするルカートたちと合流し、夜の樹海エリアを訪れる。

「夜の樹海エリアって、こんな風なんだ」

樹海エリアは第三の町の南西側に広がっており、以前にセイ姉ぇやマギさんたちと来た事がある。

昼間の樹海エリアは、自然の調和が取れた美しい場所だと思ったが、夜の樹海エリアはまた違った雰囲気を醸《かも》し出している。

高い木々が月光を遮るが、代わりに森の中に住まう微《かす》かな光を放つ昆虫たちが森を照らし出してくれる。

「樹海エリアは、夜の方が難易度高いから気をつけて。それに明るいのは足下だけで、周りは暗いから明かりを灯《とも》すね。――《ライト》！」

ミュウが注意をしつつ、周囲を照らす明かりを生み出す。

「それじゃあ、俺も全員――《召喚》！　リゥイとザクロは、明かりを頼む！」

「きゅきゅっ！」

俺の召喚したリゥイの光球とザクロの狐火《きつねび》が辺りを照らす。

「ねぇねぇ、あたいも何か手伝うことある？」

「えーっと、プランは、そうだなぁ……」

勢いでリゥイたちを全員呼び出したために、プランだけ役割を考えておらず、困ってしまう。

そんな俺にトウトビが助け船を出してくれる。

「……私と一緒に、周囲の索敵を手伝ってくれませんか？」

「そうだな。プランは、トウトビを手伝ってくれ！」

「りょうかーい！　それじゃあ、よろしくね！」

トウトビの近くに飛んで行ったプランは、彼女の周りを一周してからハイタッチを求める。

気恥ずかしそうにするトウトビは、少し戸惑いながらも嬉《うれ》しそうにプランにハイタッチを返す。

「……それじゃあ、森の中を進みましょう」

「レッツゴー！　あたいに任せろー！」

斥候のトウトビとイタズラ妖精のプランに先導されながら、ワイワイとした雰囲気で夜の樹海エリアを進んでいく。

途中、樹海エリアの敵MOBたちに襲われるが、それをミュウたちは素早く倒していく。

また、ミュウたちからの気遣いで、俺もレベリングのために戦闘に参加させてもらう。

「樹海エリアって言えば――『ホォォォォッ！』――やっぱり出たか！」

闇夜の森の中を音もなく飛び回るフクロウの存在を感知した俺は、弓を構えて狙い撃ちにする。

『ホゥホゥホゥ――』

「チッ、やっぱり速いし、夜の方が強くなってる！」

だが、フクロウ型MOBのシャドウ・オウルは、俺の放った矢を避《よ》けながら近づき、鋭い鉤爪《かぎづめ》を掲げて迫ってくる。

「二度も同じ手は喰《く》らうか！　――《弓技《きゅうぎ》・疾風一陣《はやていちじん》》！」

素早いシャドウ・オウルをただ狙うだけでは難しい。

そのために、ギリギリまで引きつけてから至近距離で範囲の広いアーツを放つ。

《弓技・疾風一陣》で放たれた矢の周囲には、緑色のエフェクトが広がり、そこにもダメージ判定が発生する。

矢の中心に広がる風圧のカーテンにぶつかりながらも迫るシャドウ・オウルの鉤爪が俺の肩に食い込み、相打ち気味になりつつ互いに地面に倒れる。

「ユンお姉ちゃんをよくも！」

風圧の攻撃を受けてバランスを崩したシャドウ・オウルは、動きが一気に鈍り、そこにミュウたちが集中攻撃を浴びせて倒す。

「ユンお姉ちゃん、大丈夫？」

心配そうにこちらを覗《のぞ》き込むミュウに俺は、安心させるように笑って立ち上がる。

「いててっ……思ったよりもＨＰ減ってないから平気」

「あっ、ホントだ。シャドウ・オウルの鉤爪って、運が悪いとクリティカルで大ダメージを受けることもあるけど、思ったよりダメージ少ないね」

シャドウ・オウルと相打ち気味に攻撃した俺もダメージを受けたが、受けたダメージはＨＰの２割未満に抑えられている。

それを確かめたミュウは、不思議そうに首を傾《かし》げながら回復魔法を掛けてくれる。

「ユンさん、何か心当たりはありますか？」

そんな俺とミュウのやり取りに、ルカートたちも興味があるのか話に加わってくる。

「【エキスパンション・キット】を使って、スロットを増やした防具に【障壁生成（小）】の追加効果を付与したくらいかな」

シャドウ・オウルの鉤爪が食い込む瞬間、体に纏う薄いバリアが砕かれるのを感じた。

それのお陰でダメージを軽減できたのだろう。

「あっ、そういえば、そんなこと言ってたね！」

俺が思い当たることを口にすれば、リアルで話したことを思い出したミュウもスッキリとした表情で片方の拳で掌《てのひら》をポンと叩《たた》く。

「【障壁生成】かぁ。確かに被弾回数の少ないうちら後衛なら、流れ弾を防ぐ意味でも有効な追加効果やなぁ」

「それに生み出される障壁は、プレイヤーの最大ＨＰに応じた耐久度になるんでしたよね」

コハクは俺の防具の追加効果に納得し、ルカートが気になる情報を口にする。

「えっ、そうなの？」

「はい。ＨＰ特化の壁役《タンカー》プレイヤーの中には、ＨＰ上昇系と【障壁生成】の相乗効果で、かなりの耐久力を得ている者もいるとか」

【障壁生成（小）】の場合には、最大ＨＰの10％分の耐久度のバリアが生み出されるらしい。

確かにバリアの耐久度が固定だった場合、敵MOBの強さが一定以上では無用の長物になる可能性がある。

ちなみに、俺の使う《クレイシールド》や《ストーン・ウォール》のような防御魔法の耐久度は、使用者のINTステータスに依存して変化する。

「なるほどなぁ……プレイヤーに応じてバリアも強くなるのか。それは嬉しいなぁ」

クロードの勧めで付けた追加効果だったが、思った以上に良さそうだ。

またルカートからではなく、ヒノからも情報がある。

「ボクが知ってるのは、前にユンさんが見せてくれたHPが減るほどステータス補正を受けるようなロマン編成でのリスク軽減に使われるくらいかなぁ」

「その考えもあるのか、参考になるなぁ」

以前、孤島エリアでミュウたちとモノリスを使ってダメージを競い合ったことがある。

その時に、最大瞬間火力を求めるために、HPが減るほどステータスに補正を受ける【窮鼠《きゅうそ》の呪装具《じゅそうぐ》】を装備した。

あの時は、反撃されないモノリス相手に使ったロマン火力だったが、【障壁生成】と組み合わせることで実用性のある編成に引き上げることができるらしい。

「むむっ！　何かがこっちに来るよ！」

「……みなさん！　クエストが始まったみたいです！」

そうこう話しながら夜の樹海を進んでいくと、先頭で周囲を警戒していたトウトビとイタズラ妖精のプランが何かを見つける。

そのトウトビたちの視線の先に目を向けると、小さい金属的な光沢を持つ塊がモゾモゾと動いていた。

「あれって、スライム？」

「そうだよ！　あの銀色スライムを倒すのがクエストなんだけど、逃げるスライムを追いかけていくと洞窟に誘導されて、そこで銀色スライムが核の巨大スライムと戦うの！」

俺も以前、この樹海エリアで同じように誘導された先で、待ち構えていた複数の敵ＭＯＢと戦闘したことがあった。

それと同じ系統のクエストなのだろうと納得し、こちらが近づくと跳ねながら一定の距離を保つ銀色スライムに付いていく。

だが、そんな銀色スライムを見て、悪戯心《いたずらごころ》がうずうずしたのかプランが突撃していく。

「ああ、もう我慢できない！　待てぇぇぇぇぇっ！」

「うわぁ、マジで速いわ」

空を飛べるプランが一気に距離を詰めて追いかけると、銀色スライムは体を伸縮させて、まるでゴムのように勢いよく弾《はじ》けて飛んでいく。

銀色スライムの本気の速さに目を剝《む》く俺とは対照的に、ミュウはプランの様子に楽しそうな笑みを浮かべている。

「いやぁ、一度はやるよね～」

「一度は、ってことはミュウもやったんかい」

「もちろん！　逃げる銀色スライムを捕まえられないか試したけど、ダメだったよ」

そんなミュウの話を聞きながら銀色スライムを追いかけて闇の中に消えていくプランを見つめるが、しばらくして肩を落として帰ってくる。

「あたい、負けた。追いつけなかった」

しょんぼり顔のプランが追いかけるのをやめて戻ってきたことで、銀色スライムもまた誘導のために俺たちの近くに戻ってくる。

追いかければ逃げ、諦めれば止まる、そんな銀色スライムとのやり取りが面白くてちょっと吹き出しそうになる。

そうして改めて銀色スライムの後を付いていく俺たちは、特に迷うことなく巨大スライムのいる洞窟の入口まで辿《たど》り着く。

「うわぁ、ここを降りていくのか」

「洞窟は、結構深いから気をつけてね」

ポヨンポヨンと洞窟の中を弾みながら降りていく銀色スライムの後に続いて、俺たちも洞窟の中を降りていく。

「そう言えばミュウたちは、どんな風に巨大スライムに負けたんだ？」

蘇生薬《そせい》などの回復アイテムを常にインベントリに入れているミュウたちが負ける状況とは、相当だと思う。

俺がガンフー師匠との一騎打ちをした時のように、蘇生薬による復活回数に制限が掛けられていた戦闘だったのかもしれない。

俺がそう尋ねると、ミュウはふて腐れたような顔をし、ルカートたちが苦笑いを浮かべている。

「ぶぅ……負けてないもん。あれは、引き分けだもん」

「負けを認めてないのは、ミュウだけやで？」

唇を尖《とが》らせて呟《つぶや》くミュウに、呆《あき》れた顔のコハクがジト目を向けている。

そんなミュウに困惑する俺に、リレイが横に来て説明してくれる。

「ふふっ、巨大スライムとの戦闘は、時間制限付きだったんですよ」

「時間制限？　ああ、湿地エリアのダークマンみたいな？」

第一の町の南側に広がる湿地エリアのボスのダークマンも時間制限のあるボスだった。

ダークマンの場合、制限時間を超えるとボスが撤退してクリア扱いとなり、その先にある【迷宮街】へと入ることができる。

その代わり、ダークマンを討伐できていないため、ドロップアイテムは入手できない。

「はい。戦闘開始から30分を超えると巨大スライムが小さなスライムに分裂して、逃げていくんです。それで討伐クエストは失敗になりました」

「だから、制限時間内に手早く倒すために、ニトロポーションが必要だったわけか」

いじけるミュウを横目に、リレイから受けた説明に俺は納得する。

巨大スライムには【魔法耐性】があるために、ダメージディーラーの魔法使いであるコハクとリレイが火力で貢献できずに、制限時間が来てしまったのだろう。

特に、ミュウが何故《なぜ》負けてないと言い張るのかも理解できた。

「全く、ミュウは負けず嫌いだからなぁ」

「ふふふっ、そういうところも可愛《かわい》いんですけどね」

そうして、恍惚《こうこつ》とした表情をミュウに向けるリレイに、この子も相変わらずだな、と内心苦笑を浮かべる。

だが、やはり魔法耐性のあるボスを相手に、純粋な魔法使い二人が居るパーティーのまま挑むことに心配ではある。

「なぁ、コハクとリレイは大丈夫か？」

ボス目前に、こんなことを言うのも失礼かと思うが、俺は思わず聞いてしまう。

そんな俺の言葉に、コハクとリレイは挑戦的な笑みを浮かべる。

「なんや？　うちらの心配してくれるん？　せやけど、安心して。ちゃんと作戦考えて来たんやから」

「ふふふっ、別に【魔法耐性】のある敵は初めてではないですし、その戦い方も見せますよ」

自信に溢《あふ》れるコハクとリレイの言葉に俺は、見守ろうと思いながら洞窟を進み、終着点に辿り着く。

長い洞窟の下り坂を抜けた先には、ドーム状の空間が広がっていた。

ドーム状の天井と壁には無数の穴が空いており、その空間の中心にあの銀色スライムが佇《たたず》んでいた。

空間自体は、広めであるために壁際《かべぎわ》に寄っていれば戦闘には巻き込まれないだろう。

「それじゃあ、ユンお姉ちゃんたちは端っこで見ててね！　頑張ってくるから！」

「ああ、応援してる」

観戦するために壁際に寄った俺とリゥイたちを振り向きながら、ミュウたちが銀色スライムに近づいていく。

そして、ミュウたちと銀色スライムとの距離が一定を割った瞬間、変化が起こり始める。

――コポコポ、コポ。

「なんだ、この音は――」

空間に水音のような物が響き始め、壁や天井に空いた小さな穴から、鮮やかな黄緑色のスライムがポコポコと押し出されるように現《あら》われた。

天井近くから落ちてきたスライムは、ポヨン、ポヨンと地面を弾んでいく。

他にも壁から押し出されたスライムは、コロコロと地面を転がって、銀色スライムのいる中心に向かっていく。

そうして現われた無数のスライムたちが中央にいる銀色スライムに触れると、次々にその体と融合して、少しずつ大きくなっていくのを眺めていく。

「デ、デカッ⁉」

そうして無数のスライムを取り込み、最終的には、高さは5メートル、横幅は8メートルほどの黄緑色の巨大スライム――ヒュージ・スライムに変わる。

「さぁ、今度こそ、倒させてもらうからね！」

ミュウが巨大スライムにそう宣言し、戦いの火蓋が切られた。

五章　巨大スライムと討伐観戦

ミュウたちと巨大スライムとの戦いが始まり、巨大スライムの動きが鈍重であるためにミュウたちの方が先に仕掛ける。

「ふふっ、まずは、観戦するユンさんにも分かりやすいように一発撃ち込みますか。――《プロミネンス・ドラグーン》！」

先制攻撃は、リレイからだった。

杖《つえ》を振るい、生み出した竜を模した炎が巨大スライムに向かって飛んでいく。

そして、広間の端っこに居ても分かるほどの熱波が観戦する俺たちの元に届く。

「熱っ！　リレイ、前より魔法の威力が上がったなぁ」

轟々《ごうごう》と巨大スライムを包む激しい炎を見つめながら呟く。

【魔法耐性】を持つ巨大スライムは、炎の中で散発的にスライムを分裂させて飛ばしているが、その数は少なく巨大スライムの体積も減ったようには感じない。

そうして、リレイの炎が収束した後、ミュウがトウトビに合図を下す。

「次は、トビちゃん！　ニトロポーションお願い！」

「……はい！」

合図を受けたトウトビがインベントリから【ニトロポーション】を取り出して、魔法耐性の高い巨大スライムに向けて投げる。

低い角度で放物線を描くニトロポーションが巨大スライムにぶつかり、大爆発を引き起こす。

ニトロポーションの爆発を受けた巨大スライムの体は、ボコボコと泡立ち、リレイの炎よりも激しくスライムを分裂させ、勢いよく飛び交い始める。

「トビちゃん、ナイス！　ドンドン投げて、スライムを分裂させるよ！」

「……分かりました！」

トウトビが一定間隔で投げ続けるニトロポーションの爆発により、巨大スライムは大量の分裂スライムを生み出し、見る見るうちに体が縮んでいく。

だが――

「事前に聞いていたけど、なんか嫌な予感が……」

「隠れろー！」

俺は、次々と飛び散る分裂スライムに表情を引き攣《つ》らせ、そんな俺の上着のフードにプランが隠れる。

　そして、度重なるニトロポーションの爆発を受けて、放出された無数の分裂スライムたちが弾幕のように跳ね回るのだ。

　途中、トウトビの投げるニトロポーションが空中を跳ね回る分裂スライムに邪魔されて、巨大スライムまで届かずに手前で爆発する。

「あちゃ、一気にやり過ぎたかも！　みんな、コハクとリレイを守るよ！」

　壁や床、ドーム状の天井、スライム同士でぶつかった反動で勢い付いた分裂スライムたちが、四方八方からミュウたちに襲い掛かる。

「ちょ⁉　俺たちの方にも来た！」

　そして、勢い付いたスライムたちの中には、観戦する俺たちの方にも飛んでくるやつもいる。

　時折、俺の頭上や真横、目の前を通り過ぎて、情けない声を上げてしまう。

「あわわっ！　このぉ！　あたいが打ち落とすんだから！」

「ブルルッ――」

　俺の上着のフードから顔を出すプランが指先に風を渦巻かせ、リゥイもいつでも成獣化して出る、と言うように足下を踏み鳴らすが、俺はそれを止める。

「リゥイ、プラン、待て待て！　攻撃は絶対にダメだぞ！」

「えー、なんでよー」

不満そうに唇を尖らせるプランに対して、俺は理由を口にする。

「リゥイやプランが攻撃したら、ミュウたちに共闘ペナルティーが付くだろ！　だから、攻撃は禁止！」

「えー、でもこれだけ激しくスライムが飛び交ってると、あたいたちも安全に見てられないよ」

「それでも――『バチーン！』――っ⁉　そ、それでも、ダメな、ものは、ダ、メ！」

「お、おう……分かった。あたい、攻撃しない……それより、大丈夫？」

プランへの説得のためにミュウたちから目を逸《そ》らした瞬間、狙い澄ましたかのように飛んできたスライムが俺の側頭部に当たる。

その衝撃に堪えながらプランたちへの説得の言葉を口にする俺に、プランたちは引き気味になりつつ理解し、逆に俺を心配してくれる。

「でも、飛び交うスライムから身を守らないと危ないよ」

「でもなぁ……って、ザクロ、危ない！」

跳ね回るスライムが今度は、ザクロに向かって飛んでくる。

「――きゅっ！」

小さく鳴いたザクロが三本の尻尾を大きく膨らませて、飛び込んで来るスライムを優しく受け止めて失速させて返す。

その様子に、俺は思い出す。

「そうか！　ザクロの【オートガード】か！」

成獣化したザクロには、三本の尻尾で自動的に攻撃を防御する【オートガード】が備わっている。

それに気付いた俺たちは、ザクロを抱えて、オートガードする三本の尻尾に隠れるようにして飛び交うスライムを窺《うかが》う。

「また、スライムが来た！　ザクロ！」

「きゅきゅっ！」

自動で動くザクロの三本の尻尾が、こちらに飛んでくるスライムを優しく受け止めて、再びゆるく放り投げる。

「ザクロの【オートガード】は……よし、流れ弾を防いでくれる！」

その際に、双方はダメージを負わず、【共闘ペナルティー】も発生していない。

「これで安全に観《み》られるな。さて、ミュウたちは、どうやって対処するんだ？」

壁際の俺たちが流れてくるスライムに四苦八苦している間、ミュウたちの方では変化があった。

「はぁ！　たぁ！　とぉ！」

ミュウたちは、後衛のコハクとリレイを守るように集まり、互いに背中を向けて死角を減らしてスライムたちを弾いている。

跳ねて飛んでくるスライムを剣で弾く他に、ダメージ判定は発生しないが、拳や足も使ってスライムを寄せ付けない。

分裂させた数が多すぎるために、スライムの体当たりで多少のダメージを受けているが、ミュウたちが稼いだ時間でコハクとリレイは、魔法の準備を整える。

「纏《まと》めて、動きを封じたる！　――《ストーム・ジェイル》！」

コハクが天井まで伸びる薄緑色の竜巻の檻《おり》を生み出し、広間を跳ね回るスライムたちを次々と呑《の》み込んでいく。

「なるほど。【魔法耐性】はあっても、拘束魔法は効果があるのか」

【魔法耐性】とは、あくまで魔法攻撃に対しての耐性だ。

そのため、ダメージの発生しない拘束魔法などは、飛び交うスライムを一箇所に纏める のに有効だった。

「ふふふっ、私もお手伝いしますよ。――《ファイア・ショット》！」

リレイは、初級魔法である炎弾を連続して放っていく。

炎弾の一発一発は、跳ね回るスライムたちを自動追尾して当てていく。

巨大スライムから分裂したスライムたちも【魔法耐性】を持っているために、リレイの炎弾では倒せない。

だが、分裂スライムは、ノックバック耐性が低いために容易に弾《はじ》き飛ばすことができる。

そうして弾き飛ばされたスライムたちは、次々とコハクの竜巻の檻の中に飛び込んで囚《とら》われていく。

「凄《すご》い！　魔法耐性がある相手でも、活躍できてる！」

正直、魔法耐性のある敵を相手に魔法使いのコハクとリレイがどう立ち回るのか、気になっていた。

だが、蓋を開けてみれば、杞憂《きゆう》であることに安堵《あんど》する。

そんな俺の声が聞こえたのかコハクとリレイがこちらを振り返り、いい笑みを浮かべてからスライムたちに視線を戻す。

ミュウたちもスライムの密度が減ったことで、コハクとリレイを守りながら飛んでくるスライムを竜巻の檻に弾き返す余裕を見せている。

「みんな！　そろそろ《ストーム・ジェイル》の効果が切れそうや！」

「なら、魔法の効果が切れる前に、集めたスライムを一気に倒すよ！」

ある程度のスライムが集まったところでミュウたちは、一斉に竜巻の中にニトロポーションを投げ込み、爆発させていく。

その際に、竜巻の檻の内部で広がった爆発が閉じ込めた分裂スライムにダメージを与え、一網打尽にしてしまうのだ。

「この1回で結構なスライムを倒せたね！　また分裂させて倒すよ！」

ミュウたちが取り逃した分裂スライムたちは、周囲を跳ねながら本体の巨大スライムの所に戻り、同化していく。

それでも分裂したスライムの多くが倒されたことで巨大スライムの体積が目に見えて減っているが、巨大スライムもただやられるだけではない。

――コポコポ、コポ。

泡立つような音を立てる巨大スライムは体から、丸太のような二本の触手を両腕のように伸ばして持ち上げ始める。

「皆さん！　触手の振り下ろし！　散開！」

ゆったりと、だが確実に、ミュウたちに向けて振り下ろされる触手の叩《たた》き付け。

「ひぇぇぇえっ⁉　あんな一撃受けたら一溜《ひとたま》りもないだろうなぁ……」

　ブォン、という風切り音がこちらまで聞こえてくる丸太のような触手の振り回しに、離れて観ている俺は、冷や汗を浮かべる。

「みんな、触手を避《よ》けながら、どんどん巨大スライムを削っているよ」

　それでもミュウたちは、臆することなく丸太のような触手を避けながら、その表面を削るように剣を振るって駆け抜ける。

　ミュウが駆け抜けた後には、切られた箇所からスライムが分裂していく。

「ボクだって、負けないよ！　はぁぁぁぁぁっ——《インパクト》！」

　ヒノは、丸太のような触手の振り回しに合わせて、大槌《おおづち》のアーツを振るう。

　大槌が当たった触手が弾き上げられ、持ち上がったところでパンと弾けるように無数のスライムに分裂する。

「今です。——ふっ！」

　短剣使いのトウトビはリーチの関係上、巨大スライムに直接斬り掛かるのは危ない。

　そのため、触手の間を縫うようにニトロポーションを投げ込んで爆発を引き起こし、巨大スライムを分裂させていく。

　巨大スライムの鈍重な丸太のような触手は、ミュウたちを捕えられずに空振りを続ける。

だが、ミュウたちに避けられても、振るわれる触手の軌道上に飛び込んで来た分裂スライムを叩き、加速して打ち出していく。

「前にも見たけど、やっぱり速い！」

「ミュウさん、危ない！」

加速したスライムをギリギリで避けたミュウだが、壁に反射した別のスライムが死角から襲ってくる。

回避が間に合わずに剣で防ぐミュウだが、スライムの体当たりの方が強く、ダメージを受けて体勢を崩してしまう。

——コポコポ、コポ！

そんな体勢を崩したミュウの隙を見逃さずに巨大スライムは、丸太のような触手を振りかぶる。

「させませんよ！——《パワー・バスター》！」

ミュウと巨大スライムの間に割り込んだルカートが、振り上げたバスタードソードで迫る触手を両断する。

「ミュウさん、大丈夫ですか！」

「大丈夫！　体勢崩してちょっとダメージ受けただけだから！、——《ハイ・ヒール》！」

ミュウは、自身に回復魔法を使いながら立ち上がり、ルカートが切り落とした触手に目を向ける。

ルカートの斬撃で切り落とされた巨大スライムの一部は、地面に落ちて泡立ち、分裂寸前の状態である。

「スキルの待機時間が明けたで！　――《ストーム・ジェイル》！」

切り落とした巨大スライムの一部が分裂して飛び散る前に、コハクがそれを囲むように竜巻の檻を生み出して閉じ込めるのに成功する。

「ふふふっ、また分裂したスライムを集めましょう。――《ファイア・ジョット》」

リレイの炎弾の連射で周囲を跳ね回るスライムたちを竜巻の檻に弾き、ある程度の数が集まったところでミュウたちがニトロポーションで爆破していく。

――コポコポコポ！

幾度も攻撃を受けてスライムを分裂したことで体が縮んだ巨大スライムは、体を激しく泡立てて水音の声を上げる。

「皆さん！　予備動作を確認！　回避重視で警戒してください！」

ルカートが警戒の声を上げた直後、巨大スライムが屈伸するように縮み、縦に伸び上がるのを繰り返し始める。

徐々に伸縮運動の勢いを増す巨大スライムが何度目かの伸び上がりの勢いで、天井近くまで跳ね上がった。

「みんな、とにかく回避、回避、全力回避！」

天井ギリギリまで高く跳ね上がった巨大スライムは、僅かに天井近くで滞空した後、そのまま重力に従ってミュウたちを押し潰そうと落ちてくる。

「うわぁ、巨大スライムって体積が減ると、動きが積極的になるんだな」

最初に現《あら》われた時は、ブクブクと膨れた鈍重そうな見た目であったが、ミュウたちの攻撃で余計なスライムを落としたことで自力で跳ねることができるようになったようだ。

そうして飛び上がった巨大スライムは、ドスンという落下音を響かせるが、それだけでは終わらない。

続けて、二度、三度とミュウたちを追跡するようにバウンドを繰り返して押し潰そうとしてくる。

だが、それも永遠に続くわけではなく、バウンドする度に勢いが弱まり、最後には動きが止まる。

「みんな、今だよ！　反転攻勢！　ニトロポーションを投げて！」

逃げに徹していたミュウたちは、その隙を逃さずに、即座に巨大スライムにニトロポーションを投げ込んでいく。

そうして再び分裂したスライムをコハクとリレイが一箇所に集めて、爆破し、どんどんと巨大スライムが縮んでいく。

●

ミュウたちと巨大スライムとの戦闘が始まって、15分が経過した。

安定した立ち回りで巨大スライムの体積を減らしていく中で、巨大スライムは様々な攻撃手段を使ってくる。

丸太のような触手を振り回し、その先端を切り離してミュウたちに投げ付ける――スライム投擲《とうてき》。

太い触手を振り上げるのではなく、破城槌《はじょうつい》のように垂直に伸ばして殴り付けてくる――スライムパンチなどの攻撃を見せてくる。

だが、巨大スライムの体積が減ったことで当初の鈍重ながらも高い攻撃力は、見る影を失っている。

確かに、体積が減って俊敏に動くようになった巨大スライムだが、それに反比例して攻撃力が下がっている。

丸太のような触手は、段々と細くなり、最終的に鞭《むち》のような触手に変わった。

攻撃方法も、先端を鋭くした突き刺しや触手を振り回す叩き付けを行うも、一撃のダメージは低い。

それを補うように、触手の本数を2本から4本に増やして手数でミュウたちに応戦するが、勢いに乗ったミュウたちは止まらない。

「みんな！　前よりも巨大スライムを小さくできたよ！　ここからは初見だから注意して！」

「ミュウさん！　銀色の核が見えました！」

巨大スライムの大きさは、最初の頃の五分の一程度まで縮んでおり、核の銀色スライムの色もうっすらとだが見えるようになった。

「……ニトロポーション、行きます！」

「「了解！」」

トウトビの合図でミュウとルカートが巨大スライムから距離を取り、ニトロポーションが投げ込まれる。

だが、鋭い触手がニトロポーションを空中で叩き落とし、巨大スライム本体に到達する手前で爆発を引き起こす。

「……今の状態だと、ニトロポーションを当てるのは難しいですね」

巨大スライムが縮小して俊敏になった影響で、触手で危険な攻撃を打ち落とすようになった。

その結果、ニトロポーションを叩き落とす触手が爆発で千切れ飛ぶだけで、巨大スライム本体には大したダメージは通っていない。

「それでも、飛び込む隙を作ることはできるよ！」

そんなニトロポーションの爆発を囮《おとり》に、ミュウとルカート、ヒノがそれぞれ別の方向から飛び込む。

ニトロポーションの迎撃で触手が1本千切れ飛び、巨大スライムは残り3本の触手をミュウたち一人一人に差し向けるが――

「その程度じゃ、私たちは止まらないよ！　――《フィフス・ブレイカー》！」

「――《グランド・スラッシュ》！」

「――《グランド・ハンマー》！」

ミュウとルカートは触手を斬り落とし、ヒノは触手の叩き付けを受けても怯《ひる》まずに近づき、三人は近距離でアーツを放つ。

ミュウの連続斬りが巨大スライムの体に軌跡を残し、ルカートの振るったバスタードソードが巨大スライムに食い込み、振り抜かれる。

ダメージを受けながらも近づいたヒノは、全力で大槌を振り下ろし、その衝撃が巨大スライムだけではなく地面にも広がり、ドーム状の空間が揺れるのを錯覚する。

「さぁ！　分裂したら、うちらが集めたる！」

そして、ミュウたち三人の近接アーツが決まり、盛大にスライムの分裂を待ち構えるコハク。

だが、巨大スライムは、分裂することなく小刻みに震えるだけだった。

ミュウたちも警戒して巨大スライムから距離を取る中、俺は声を掛ける。

「ミュウ！　どうなってるんだ？」

「分かんない！　私たちも2回目でここまで追い込むのは初めてだから！」

ミュウたちも不安と警戒を抱きつつ巨大スライムを見つめていると、変化が現《あら》われ始めた。

「なんか、少しずつ大きくなってませんか？」

ルカートの指摘にヒノとトウトビは、思わず後退《あとずさ》っている。

「なんか、こう爆発寸前って感じの膨らみ方だよね」

ヒノが引き攣《つ》った表情で呟《つぶや》くと、トウトビも同意するように首を縦に振って頷《うなず》く。

「とりあえず、みんなこっちに避難や！　――《ウィンド・シールド》《アイス・ウォール》！」

風と水魔法を使うコハクはすぐに防御魔法を二重に張り、ミュウたちを避難するように誘導する。

その間も空気を詰めた風船のようにパンパンに膨らむ巨大スライムは、ミュウたちが防御魔法の裏側に隠れた直後、限界を迎える。

――パァァァァァン！

「「――きゃぁぁぁぁっ！」」

突然の爆音にミュウたちも可愛《かわい》らしい悲鳴を上げ、それを観戦する俺も耳を押さえながら巨大スライムの破裂を見届ける。

ドンドンと膨らんでいた巨大スライムは、破裂すると共に残りの体積のスライムを一斉に分裂させて、ドーム状の空間を跳ね回り始めたのだ。

「これは、討伐クエスト失敗？」

「いえ！　まだクエスト失敗の告知が来ていません！　戦闘は継続中です！」

爆音で閉じた目を恐る恐る開くミュウは唖然《あぜん》としながら呟くが、ルカートがそれを否定する。

時間制限以内に巨大スライムを倒せなければ、小さなスライムに分裂してドーム空間に空いた穴から次々と逃げていくのだ。

だが今回は、爆音と共に分裂したスライムたちに逃げる様子はなく、むしろミュウたちを守る防御魔法に体当たりをして壊そうとしている。

「なら、とにかくスライムを一匹でも多く倒そう！　倒せば、わかることもある！　はぁあっ！」

戦闘継続中だと分かり、ミュウは防御魔法の外に飛び出し、跳ね回る分裂スライムの一体に斬り付ける。

そんなミュウの後にルカート、ヒノ、トウトビも続き、コハクとリレイを守るように互いに背を向けて死角を減らす配置で分裂スライムを迎え撃つ。

後衛のコハクとリレイも防御魔法を解き、跳ね回る分裂スライムを纏《まと》めて倒すために、拘束魔法の準備をする。

「やっぱり、俺たちの方にも飛んでくるよな！　ザクロ、頼むぞ！」

「きゅっ！」

無軌道に跳ね回るスライムたちは、ミュウたちだけではなく俺たちの方にも飛んでくる。

それをザクロの三本の尻尾がオートガードで防いでくれるために俺は、跳ね回るスライムたちの動きを冷静に見ることができた。

その中で、銀色の煌《きら》めきを見ることができた。

「あの銀色は……」

銀色の煌めきは、分裂スライムよりも早い動きで跳ね回り、俺の【空の目】で追うのがやっとの速さを持っている。

そんな銀色の煌めきは、様々な方向から襲ってくる分裂スライムを弾いているミュウたちの方に向いた。

「ミュウ！　気をつけろ！　何かが迫ってる！」

「うん？　何かって——くっ⁉」

反射的に飛んできた銀色の何かを長剣の側面で防いだミュウだが、その衝撃で体が蹌踉《よろ》ける。

「「ミュウさん（ちゃん）⁉」」

「大丈夫！　それより見て！」

ミュウが反射的に長剣の側面で防いだことで失速して地面に転がる銀色のそれは、ミュウたちの目でも捉えられるようになった。

「っ⁉　銀色スライム！」

「あの銀色スライムを倒せば、全部終わるって事だよ！」

ミュウが失速した銀色スライムを倒すために一歩踏み出すが、その前に伸び縮みした反動で銀色スライムが一気に跳ね上がり、再びミュウたちは見失った。

「ど、どこ⁉　どこに行ったの⁉」

「ミュウ！　また飛び回ってるぞ！」

ミュウたちの目でも薄《うっす》らと動きを見ることはできるだろうが、壁や地面だけではなく、空中の分裂スライムともぶつかって方向を変えるためにすぐに見失ってしまう。

また、銀色スライムばかりを目で追っていれば――

「来るなら、来い！　って、うわぁ⁉」

飛んでくる銀色スライムを正面から待ち構えるヒノだが、横から飛んできた分裂スライムに足を掬《すく》われて体勢を崩して迎撃に失敗している。

「とりあえず、邪魔なスライムの方を減らした方が良さそうや！　――《ストーム・ジェイル》！」

コハクが竜巻の檻《おり》を生み出し、その近くを通り抜ける分裂スライムが次々と呑《の》み込まれていく。

「ふふふっ、無理に銀色スライムを狙うより、倒せる場を整えましょう。――《ファイア・ショット》！」

リレイは、自動追尾する炎弾を断続的に放ち、跳ね回る分裂スライムを竜巻の檻に押し込んでいく。

ミュウたちもドンドンと襲ってくる分裂スライムを竜巻の檻に押し込む中、高速で跳ね回る銀色スライムがコハクの竜巻の檻に自ら飛び込んでいく。

「なんや！　うちの用意した竜巻の中に自分から飛び込みよった！」

「……ニトロポーション、投げ込みます！」

まだ竜巻の檻は維持できるが、ここで捕えた銀色スライムをニトロポーションの爆破で倒せれば、討伐クエストは完了となる。

その判断の下、トウトビがニトロポーションを投げ込んで爆発を起こすが、煙の尾を引きながら竜巻の檻から飛び出す銀色スライムが居た。

「……ダメです！　無傷です！」

竜巻の檻の内側に捕えた他の分裂スライムは倒せたようだが、銀色スライムは変わらずに跳ね回り続けている。

だが、速過ぎてミュウたちの目では捉え切れていないが、俺の【空の目】は、その変化を見落とさなかった。

「ミュウ！　無傷じゃない！　ちゃんとダメージは通ってる！」

「ユンお姉ちゃん、ホント⁉」

「ああ！　銀色スライムに罅割《ひびわ》れがある！」

グミのような生物のスライムに罅割れなどおかしいかもしれないが、表面の三分の一に達するほどの大きな亀裂が走っているのだ。

元々ＨＰバーのない特殊なボスであるために、こうした外見的な変化で残りＨＰを表《あら》わしているのだろう。

「ふふふっ、それじゃあ、これはどうでしょう？　――《ファイア・ショット》！」

リレイが握る短杖《たんじょう》を掲げ、無数の炎弾を跳ね回る銀色スライムに放つ。

追尾する炎弾を跳ね回る銀色スライムが避《よ》けていくが、徐々にその距離が縮んでいき、ついに一発の炎弾が銀色スライムを捉えて弾く。

炎弾が命中した銀色スライムは、身を硬直させて地面に転がる。

だが、しばらくして何事も無かったかのように伸縮する銀色スライムは、その反動で再び高速で跳ね回り始める。

「ユンさん。これでダメージは負ってるでしょうか？」

こちらに振り返って尋ねてくるリレイに対して俺は、目を凝らしながら銀色スライムを見つめる。

炎弾を受けた銀色スライムには、罅割れの変化もなく、ダメージを受けた様子もない。

「外見的な変化はない！」

「ふふふっ、銀色スライムには、【魔法無効】がありますか。ただ、魔法の衝撃までは消えないなら誘導や足止めくらいはできそうですね」

リレイは、【空の目】を持つ俺を利用して銀色スライムの能力を確かめたようだ。

そして、【魔法無効】を持っているなら、物理攻撃が中心となるが……

「分裂スライムが邪魔で狙いに行くの、難しいね！」

「分裂スライムを減らすにしても時間を多く消費しますし、カウンターを狙うにしても都合良くチャンスが巡ってくるわけでもないですからね」

巨大スライムとの戦闘には、30分の制限時間がある。

残り時間がそろそろ10分を切ろうとする状況で、分裂スライムを減らすのに時間を使えば、銀色スライムを倒せずに終わる可能性がある。

だが、銀色スライムだけを集中して狙うとなると、跳ね回る無数の分裂スライムが邪魔になり、思うように戦闘を進められないだろう。

そうしたジレンマを抱える中で、ミユウがすぐに決断を下す。

「私とルカちゃん、ヒノちゃん、トビちゃんの四人で銀色スライムを狙おう。コハクとリレイは、私たちの邪魔になりそうな分裂スライムだけ弾いて！」

ミユウは、残りの分裂スライムを倒すのではなく邪魔になる奴《やつ》だけ弾き、銀色スライムに集中することを選んだ。

それに異論はないルカートたちは、全員が頷《うなず》き、配置に就く。

「さて、今度はうちらがミユウたちを守る番や──《ウィンド・カッター》！」

「ふふふっ、後で頑張ったご褒美《ほうび》を貰《もら》いませんとね──《ファイア・ショット》！」

コハクは風刃を、リレイは炎弾の弾幕を張って、分裂スライムを寄せ付けない。

そんな魔法の弾幕を掻《か》い潜《くぐ》るように跳ね回る銀色スライムが、ヒノに迫る。

「この！　速過ぎて、捉えられない！」

素早く跳んでくる銀色スライムに大槌《おおづち》を振るうが、ヒノの大槌が大きく空振りする。

ヒノの傍《そば》を通り抜けた銀色スライムが壁に当たって跳ね返り、空振りで隙だらけのヒノに体当たりしてくる。

「間に合わない！　くっ！」

大槌の切り返しが間に合わないと判断したヒノは、銀色スライムの体当たりを武器の持ち手で受け止める。

体当たりの衝撃で小さく呻《うめ》くが、武器の持ち手の角度を調節してバレーのレシーブのようにルカートの方に誘導した。

「ルカちゃん、お願い！　はぁぁぁっ！」

「分かりました！」

ヒノの誘導でルカートの方向に弾《はじ》かれる銀色スライムに向けて、バスタードソードを振るう。

「やった！」

ルカートのバスタードソードが銀色スライムを捉え、ミュウが喜びの声を上げる。

だが、振るわれた剣の表面を滑るように転がりながらすり抜けた銀色スライムは、ルカートの肩を掠《かす》めて通り抜けていく。

「くっ！　すみません、ダメージを与えられませんでした」

悔しそうにするルカートだが、それよりミュウはルカートとヒノを心配する。

「大丈夫だよ！　それより、二人ともダメージはない？」

「ボクは、受け止めた衝撃でちょっとダメージ受けただけ」

「私も掠めただけなので、それほどダメージはありません」

ミュウの心配する言葉にヒノとルカートが安心させるように微笑《ほほえ》みながら答える。

ルカートへの直撃コースだった銀色スライムだが、剣に当たったことで軌道が変わり、肩を掠めたのだろう。

そして、すぐにミュウたちは、飛び跳ねる銀色スライムを目で追いながら先程の打ち合いで感じたことの情報共有をする。

「攻撃を当てた時にかなり硬く感じました。なので、銀色スライムにダメージを与えるには、クリティカルを与えるか、中心の弱点部位に当てないとダメージが通らないかと思います」

ニトロポーションの爆破は、銀色スライムの全身を襲う衝撃だったために弱点部位の中心にも当たったのだろう。

もし、武器が中心以外のところに当たれば、先程のようにすり抜けられてしまうかもしれない。

「……クリティカル。もしくは、弱点部位への攻撃」

段々と跳ね回る銀色スライムの速さに目が慣れてきたのか、ミュウたちが目で追い続けると、次はトウトビの方に跳んでくる。

「……はぁあっ――《ハート・ピアサー》！」

ドーム型の天井に反射して斜め上から跳んでくる銀色スライムにトウトビは、垂直に短剣を構えて心臓突きのアーツを突き立てる。

「トビちゃん、凄《すご》い！」

「いいぞ！　罅《ひび》が大きくなった」

俺とミュウがトウトビの攻撃が成功したことに歓喜の声を上げる。

体の中心を突かれたことで、ルカートの時のようにすり抜けることができず、銀色スライムの体の罅が大きくなり、弾き返される。

「……ふぅ、結構シビアですね。高速で動く敵の中心を正確に狙うのは」

「罅の大きさ的に、あと1回攻撃を与えれば倒せると思う！」

銀色スライムは、３回有効打を与えれば倒せるボスなのだろう。

俺の見立てを伝えれば、ミュウはやる気になって銀色スライムと対峙《たいじ》する。

「――それなら！　追いかけて、倒す！」

ミュウは、跳ね回る銀色スライムを目で捉え、そしてその軌道を先回りするように駆け出す。

コハクとリレイが魔法でスライムたちを寄せ付けないことで作り出した安全地帯の外に

踏み出したミュウは、四方八方から跳んでくる分裂スライムの体当たりに晒《さら》される。

「邪魔だよ！」

だが、ミュウは、跳んでくるスライムの攻撃を避け、防ぎ、剣や拳で全て弾いて最短距離で突き進む。

「これで、ラスト！」

そうして銀色スライムの軌道に先回りしたミュウは、跳んでくる銀色スライムに合わせて剣を振るい、中心を捉えて弾き返す。

「すげぇ……やっぱり、プレイヤースキル高いなぁ」

特に、互いに激しく動き回る中で特定部位を正確に狙うのは、高いプレイヤースキルを要求される行為である。

それを高速で跳ね回る銀色スライムに先回りして実行できるミュウは、やっぱり強いと実感させられる。

そして、最後にミュウからの斬撃を受けた銀色スライムは、完全に失速して壁にぶつかり、地面を転がる。

そこで全身に亀裂が回った体をプルプルと震わせながら、水風船のように弾けて銀色の液体を散らす。

「やったー！　終わった！　リベンジ達成！」

ミュウが歓喜の声を上げる中、銀色スライムの破裂に呼応するように、周囲を飛び交う分裂スライムも次々と膨張して破裂していく。

――パン、パンパン、パパパン！

巨大スライムとの戦闘終了の演出の一つなんだろう。

残りの飛び交う分裂スライムたちが連鎖的に破裂して粘液を残して消えていくのには納得できるが、見学のために広間の端っこにいた俺は、再び嫌な予感に襲われる。

「って、ミュウが弾いたスライムがこっちに跳んできた⁉」

ミュウが銀色スライムを捉えるために弾いた分裂スライムが、弾かれた勢いで加速し、壁や天井、床を跳ね回りながら、俺たちの方に跳んでくる。

それらをザクロの尻尾が受け止めるが、その分裂スライムたちがムクムクと膨張するのが見えて慌てて声を上げる。

「ザクロ！　今すぐに投げ捨てろ！」

「きゅっ⁉」

ぽーい、と破裂寸前の分裂スライムたちをギリギリで放り投げたことで、スライムの粘液に塗《まみ》れるのを防げて安堵《あんど》する。

だが、別の方向から飛び込んで来た他のスライムが空中でぶつかり、俺たちの方に破裂寸前のスライムの一つを送り返してきたのだ。

「あっ……」

気付いた時には、どうしようもない。

俺の頭上に跳んできた破裂寸前のスライムを見上げながら考える。

ザクロの尻尾でまた投げ返すにしても、避けるにしても、スキルで防ぐにしても、全て時間が足りない。

そんな中で、ザクロたちは――

「きゅっ！」

「ブルルッ……」

「さらば！――《リミット・ドッジ》！」

俺の手の中からリゥイの背に飛び移ったザクロは、リゥイと共にスッと姿を消していき、プランも瞬間的に加速して俺の傍から離れる。

「……み、見捨てられた⁉」

リゥイはザクロを連れて【透明化】で粘液をやり過ごし、プランは装備のベルトにある【限定回避】のアクティブスキルを使って逃げたのだ。

「ぺふっ……」

俺だけ見捨てられたと分かった直後、スライムが破裂した粘液が降って来た。

「お疲れ様！　クエスト報酬も貰えたよ！　って、あれ？　なんでユンお姉ちゃん、粘液塗れなの？」

巨大スライムの討伐を終えて、意気揚々と振り返るミュウは、分裂スライムの粘液に塗れた俺を不思議そうに見つめてくる。

顔に垂れてきたスライムの粘液を手で払った俺は、何とも言えない表情をしていたのだと思う。

●

巨大スライムとの戦いを観戦し終えた俺は、ミュウたちのギルドホームに向かっていた。

「ユンお姉ちゃん、機嫌直そうよ～」

「……全く、別に怒ってないよ。ただ自分の不甲斐《ふがい》なさや理不尽さを感じてただけ」

ミュウに肩を摑《つか》まれて揺さぶられる俺は、溜息《ためいき》を吐《つ》きながらそう答える。

ミュウが弾いたからと言ってランダムで飛び交うスライムの破裂に巻き込まれて粘液塗

れになったからと言って、ミュウを責めるのはお門違いなのだ。

ただ、油断して巻き込まれた自分の不甲斐なさやら情けなさやらを感じて気落ちしているだけだ。

ちなみに、リゥイたちは、俺を見捨てた気まずさからか召喚石に戻ってしまった。

「それより、クエストクリアしたんだから、お祝いだよ！ ホームに戻って打ち上げしないと！」

俺が一人で気落ちしている一方、ミュウたちは次々とギルドホームの中に入っていく。

「そう言えば、ミュウたちのギルドホームに入るの初めてかも」

ミュウのパーティーは、前回のクエストチップイベントの時に【ギルドエリア所有権】を手に入れ、身内ギルド【白銀の女神】を建てたのだ。

その身内ギルドのホームに招かれた俺は、興味深げにホームの中を見回す。

女の子らしい可愛《かわい》らしい色合いの居間には、柔らかそうな敷物《しきもの》が敷かれており、そこには幾つものクッションとローテーブルがあった。

ギルドホームに上がる際に、靴を脱ぎ、装備もラフな物に切り替えたミュウたちは、次々とローテーブルの周りに集まり、コップとジュースを用意していく。

まるで女子会のような様相に俺は、若干の戸惑いを覚える。

「ほら、ユンお姉ちゃんも早く～！」

「ユンさんもどうぞ、ご遠慮なく」

「それじゃあ、お邪魔します」

ミュウたちに促された俺は、靴を脱いでギルドホームに上がらせてもらう。

「はい、ユンさんもジュースどうぞ！」

俺がヒノからジュースを受け取るのを確認して、ミュウが全員を見渡す。

「それじゃあ、巨大スライムの討伐成功に、カンパーイ！」

「「カンパーイ！」」

「えっと……カ、カンパーイ？」

俺もミュウたちに合わせて、戸惑いながらもコップを掲げる。

「俺、ただ観《み》てただけなんだけどなぁ……」

流れでここまで来てしまったが、ただ観戦していただけの俺も一緒に祝って良いのか、と疑問に思う。

だが、それを聞いたミュウが否定してくる。

「ユンお姉ちゃんは、声掛けしてくれたでしょ？　あれだけでも結構助かったんだよ！」

「そうですね。私たちの目にはユンさんほど銀色スライムの変化をハッキリ捉えられませんでしたから助かりました」

「……それに、事前に【ニトロポーション】を沢山用意してくれました。それだけでも助かってます」

ミュウに続き、ルカートとトウトビも俺に助けられたことを伝えて、ヒノとコハク、リレイたちも肯定するように頷《うなず》いてくれる。

「そ、それ、に……ユンお姉ちゃんが作ってたケーキ、食べたいなー、なんて！」

「全く、それが狙いか……」

クリスマス用にプランたち妖精ＮＰＣ《ノン・プレイヤー・キャラクター》と一緒に作ったケーキをおねだりしてくるミュウに俺は、苦笑を浮かべる。

「折角のお祝いだし、一つだけだからな！」

「わーい！　ユンお姉ちゃん、大好き！」

沢山作ったケーキの中から１ホールを取り出して、それを切り分けて、全員に行き渡らせていく。

「巨大スライム、強かったね。マンスリークエストだから、来月も挑む？」

早速ミュウは、今回受けたクエストの話を始め、それを皮切りにルカートたちもそれぞれの感想を口にする。

「来月は、クエストチップイベントがありますし、金チップを集めるのも兼ねて挑むのもいいかもしれませんね」

来月の予定も合わせてクエストの周回を考えるルカートに、コハクとトウトビからも意見が出る。

「うーん。確かに報酬は美味《おい》しかったけど、うちら魔法使いは活躍できないボスやから、あんまり乗り気はせぇへんなぁ。それより、別のクエストを受けたいわ」

「……それに、今回の作戦で使った【ニトロポーション】は、ユンさんのご厚意で貰《もら》った物なので、次からは確保の目処《めど》を立てないと……」

「あー、そっかぁ。魔法使いが活躍できなかった件と【ニトロポーション】の補充の問題があったかぁ……それを考えると効率あんまり良くないクエストかなぁ」

来月も巨大スライム討伐に乗り気だったミュウも、コハクとトウトビの意見を聞いて考え直している。

「うーん。【ニトロポーション】を使わない効率的な戦い方を探す？　例えば、分裂スライムを倒すのにニトロポーションのダメージは過剰だから、威力とコストを抑えるとか」

「ふふふっ、銀色スライムの討伐にイザの武器シリーズを使うのはどうでしょうか？　固定ダメージ武器なら、少し触れただけでもダメージが入るのではないですか？」

ヒノとリレイからは、戦闘の効率化のアイディアが出される。

邪魔な分裂スライムを倒すのに使用した【ニトロポーション】から、別の物理ダメージ系のアイテムを使う――ヒノの提案。

そして、武器を当てても表面を滑って無傷ですり抜ける銀色スライムに、触れれば確実にダメージを与えられる固定ダメージ武器を使用する、リレイの提案。

二つの戦闘の改善案をミュウたちは、ケーキやお菓子を食べながら検討し、声を上げる。

「あー！　月に1回しか挑戦できないクエストだから、検証がすぐできない！」

そんなやり取りを唖然《あぜん》としながら見ている俺は、ミュウに尋ねる。

「ミュウたちは、クエスト終わりはいつもこんな感じなのか？」

「こんな感じって、女子会のこと？」

ケーキを頬張る手を止めて、逆に俺に聞き返してくる。

これは、世間一般の女子会とはちょっと違う気がするが、とりあえず俺は、頷き返す。

「いつもじゃないよ。偶《たま》に、息抜きで女子会してるくらいかな？」

特に今日みたいな金曜の夜などは、お菓子や飲み物を持ち寄ってクエストの反省会やお喋《しゃべ》りをしているそうだ。

「他にもクエスト報酬で手に入ったアイテムの使い道を相談したり、手に入れた装備品の試着とかもするよ」

「そう言えば、巨大スライム討伐の報酬で何が手に入ったんだ？」

俺だけはミュウたちの受けたクエストの概要を知らないために、今更ながらにクエスト報酬について聞けば、ミュウは自慢げに答えてくれる。

「巨大スライム討伐のクエスト報酬で、全員に【エキスパンション・キットⅡ】が貰えたんだよ！　えへへっ、いいでしょ～」

こちらを振り向いたミュウは、インベントリから青色の工具箱と小瓶に入った液体金属のようなアイテムを取り出して見せてくれる。

青い工具箱が【エキスパンション・キットⅡ】だとしたら、もう一方の銀色スライムを思わせる小瓶の液体金属は、巨大スライムのドロップアイテムなのかもしれない。

クエスト報酬で貰えた【エキスパンション・キットⅡ】でどの装備を強化しようか、とミュウたちは楽しそうに相談している。

「羨ましいなぁ。俺も、もっと【エキスパンション・キット】が欲しいから、どっかで楽に手に入らないかなぁ」

【エキスパンション・キットⅡ】よりも、下位のⅠの方がもっと欲しいと思う俺に、ミュウが声を掛けてくる。

「それじゃあ、ユンお姉ちゃんも一緒に取りに行く？」

「……はい？」

「だから、【エキスパンション・キット】だよ！　ユンお姉ちゃんも一緒に冬イベ前のラストスパートで取りに行こうよ！」

ミュウの誘いを受けた俺は、視線でルカートに詳細を求めれば、苦笑を浮かべながら説明してくれる。

「多分、ＰＶＰ《プレイヤー・バーサス・プレイヤー》のバトルロイヤルの事だと思います。今週の土日にみんなで挑もうって前に話してたんです」

どうやら、迷宮街のスターゲートには、ＰＶＰのバトルロイヤルエリアが存在するらしい。

３人で１チームを作り、マッチングした最大20チームがＰＶＰエリアで生き残りを懸けたバトルロイヤルをやるそうだ。

そして、生き残りの順位やＰＶＰでの戦闘内容に応じて、ポイントを貰え、それで景品アイテムと交換できるそうだ。

「ふぅ〜ん。なんか、騎乗ＭＯＢのレースと同じ感じなんだな」

「スターゲートに実装された時期が同じなので、似ている部分があるかもしれませんね。

そのバトルロイヤルの景品交換にも【エキスパンション・キット】があるので、それの交換を目指す予定なんです」

「それとね！　私は、実績アクセサリーも欲しいんだよね！　試合内容で景品交換に追加されるから、レアな実績の証《あかし》が欲しいの！」

ルカートの説明に納得しつつ、途中でPVPに参加する熱意を語るミュウに苦笑いを浮かべる俺は、どうするか悩んでしまう。

「うーん。でもなぁ……」

「ユンさん、何か心配ごとでもあるんですか？」

「いや、生産職の俺と戦闘職のミュウたちだと、センスのレベル差や装備の違いとかもあるし、そんな中で生き残るのは難しいんじゃないかなぁ……と思って」

バトルロイヤルは、事前にバランス調整されたキャラクターたちを選び、そのキャラ固有のスキルやフィールドのアイテムを駆使して生き残るゲームだ。

それに対してRPG要素のあるOSOでは、参加プレイヤー毎《ごと》にレベル差や装備の差によって公平さが保たれないなら、バトルロイヤルは成立しなくなる。

そんな懸念《けねん》を抱く俺に対して、ヒノとトウトビが答えてくれる。

「大丈夫だと思うよ。ボクも聞いた話だと、マッチングしたプレイヤーの強さによって、弱いプレイヤーにはステータスに補正が掛かるみたい！」

「……それに装備も外見だけは普段使っている物と同じですが、中身が初期装備並のステータスになるそうです。装備は、バトルロイヤル中に手に入るアイテムを使うことで強化できるらしいです」

「そうなのか。それなら、公平なのかな？」

初心者と上級者が同じ試合にマッチングしたら、初心者のステータスに補正が掛かって両者の差は縮まる。

だが、プレイヤーが使えるスキルやアーツは、装備したセンスのレベルやスキルの使用回数などによって変わってくるので、その点で言えばOSOを長くプレイしたプレイヤーがスキル面で有利になる。

ただ、使えるスキルが多いことは、圧倒的なアドバンテージにはならない。

回復アイテムが持ち込み不可なバトルロイヤルでは、MP消費が多い派手で強力なスキルは他のプレイヤーから目立ち、継戦能力にも欠ける。

他にもバトロワ中に手に入るアイテム運が悪ければ、スキルの有利さも引っ繰り返される。

「そうなると重要なのは、プレイヤースキルと運なのかな」

序盤のアイテム運や遭遇するプレイヤーとの運、またそうした状況で生き残るためのプレイヤースキルなどが求められそうだ。

「でもなぁ。あんまり生き残ってポイントを稼げる気がしないぞ」

「一試合で貰えるポイントは、あんまり多くあらへんから気軽に挑めばええと思うよ。繰り返し試合に挑むプレイヤーたちは、実績条件を解除するのが目的やから」

「ふふふ、例えば、合計何試合するや通算で何人以上倒す、最大ダメージを一定以上叩《たた》き出す、みたいな様々なプレイスタイルに合わせた実績があるらしいですね」

そうして熟《こな》した実績が、先程ミュウが言っていた実績アクセサリーという物に繋《つな》がるのだろう。

そうした実績の証を集めるのは、アイテムコレクターとしてはちょっとウズウズする。

「それは、面白そうだなぁ」

生き残って1位を目指すと言うよりも、毎回違うシチュエーションでどれだけ自分のプレイスタイルを貫き通せるか、また目当ての実績を手に入れるためにセンス構成を変えて挑むなどのPVPを想像して、ちょっと興味が湧いてきた。

「それじゃあ、今から予習でバトロワ試合のリプレイを見ようよ！」

「いいね！　夜は長いし、名試合とか色々見られるね！」

　ＰＶＰのバトルロイヤルに興味を抱いた俺にミュウは、バトロワの予習としてリプレイ動画を見ることを勧め、ヒノもそれに賛成する。

「それじゃあ、名試合のリプレイコードを探しますね」

「……あっ、その試合は私のオススメです。あと、予備知識の少ないユンさんには、こっちの試合のリプレイを先に見せてから解説するのがいいかも」

　ＯＳＯの対人コンテンツの中には、その時の試合を再生するリプレイ機能がある。

　一試合毎にリプレイコードと言うものが用意され、それを入力することで他のプレイヤーにも視聴することができるのだ。

　ルカートは、早速バトロワの名試合をリプレイコードの中から探し始め、トウトビもメニューを覗《のぞ》き込み、相談しながら見る動画を決めていく。

「うちは、名試合よりも迷試合を見て笑うのも好きやなぁ」

「ふふふっ、確かに、迷試合の失敗やトラブル、ハプニングなんかは笑えますね」

　コハクとリレイからは、名試合ではなく迷試合のリクエストが入り、ルカートたちもその意見を取り入れて動画を探し、ギルドホームの壁面に大型のスクリーンを投影する。

　まるで映画の視聴やスポーツの観戦をするような状況に苦笑いを浮かべながら、俺はミユウたちと一緒にバトルロイヤルのリプレイ動画を視聴し、夜遅くまでＯＳＯで過ごすのだった。

六章　バトルロイヤルと生存戦略

「ふわぁ～、眠い」

俺は、欠伸《あくび》を噛《か》み殺《ころ》しながらミュウと一緒に迷宮街のスターゲート前に来ていた。

「もう、ユンお姉ちゃん！　しっかりしないとバトロワ上位に入ってポイント稼げないよ！」

「何が原因だと思っているんだ。全く……」

夜遅くまでミュウたちと一緒にバトルロイヤルのリプレイ動画を見ていたために、すっかり寝不足気味である。

それなのにミュウは、何事もなかったように、けろりとしているので溜息《ためいき》が零《こぼ》れる。

「あっ、ルカちゃんたちも来た！　おーい！」

そんな俺の溜息にも気付かずミュウは、スターゲート前で待ち合わせしていたルカートたちを見つけて大きく手を振る。

「全員集まったね！　それじゃあ、レッツゴー！」

ミュウがバトルロイヤルエリアに入るためのシンボルコードをスターゲートに嵌《は》めていく中で、俺は尋ねる。

「俺は、マッチングされたプレイヤーとチームを組むんだろうけど、ミュウたちはチーム分けしたのか？」

バトルロイヤルは、３人１チームで試合が行《おこ》なわれ、俺のような少数の参加者だと同じようなプレイヤーたちとチームを組まされる。

だが、事前に登録しておけば、そのプレイヤー同士でチームを組むことができるのだ。

そのため、ミュウたちのパーティーは、どのようなチーム分けをしたのか気になる。

「Aチームは、私、トビちゃん、コハク。Bチームは、ルカちゃん、ヒノちゃん、リレイって感じで分けたんだよ！」

「バランス良くチーム分けできてるな」

「最初はバランス良く組んで、その後はメンバーを組み替えて色々と試すつもりだよ！」

「なるほど」

ミュウの答えに納得しつつ、スターゲートを潜《くぐ》り抜けた先には、広い空間があった。

広い空間には、幾つもの丸い箱庭の枠組みがあり、バトロワの試合が始まると箱庭の内側からバトロワエリアの模型が迫《せ》り上がる。

そうして出来上がった箱庭の模型の周りには、試合を映し出すモニターが浮かび、観戦するプレイヤーたちが集まっていた。

『行けっ！　そこだ！』『ああ、馬鹿！　そこは地形が悪い！　戻れ戻れ！』『よし、突っ込め突っ込め。そのまま漁夫《ぎょふ》れ！』

空中に浮かぶモニターでは、現在行なわれている試合が中継されている。

分割されたモニターの一つ一つには、各プレイヤーの視点が流れており、一人、また一人とプレイヤーが脱落する度に画面が暗転して消え、残りのモニターが大きくなっていく。

「おー、盛り上がってるなぁ」

「私たちも早速、試合の登録しよう！」

ミュウに促されて、俺たちもバトルロイヤルの試合の端末に登録する。

ミュウたちはチーム登録を行ない、また、同じ試合にマッチングできるように申請する。

「これで登録完了！　あとは、私たちの試合がマッチングしたら開始だね！」

そうして程なくして、メニューからバトルロイヤルの開始メッセージが入る。

『――試合のマッチングが完了しました。30秒後に専用エリアへの転移が開始されます』

「それじゃあ、試合が始まったら敵同士だけど、頑張ろうね！」

「はい、頑張りましょう」

ミュウとルカートたちが互いの健闘を祈り合う様子に、ホッコリとしていると、バトルロイヤルエリアへの転移が始まる。

一瞬の浮遊感と共に、俺を包む暗闇から抜けた時には、もう周囲にはミュウたちは居なかった。

「えっと、ここは……古代遺跡タイプのエリアかぁ」

バトロワエリアのミニマップを確認しながら周囲を見渡せば、大小様々な岩山とその岩山の間を通る苔生《こけむ》した石畳の道、古代遺跡の建物群、渓谷を通る河川、岩山と融合するように作られた砦《とりで》やトンネルなどが散見される——古代遺跡エリアだ。

そんなエリアに20チーム60人のプレイヤーたちがランダムで転移されていき、俺が転移した数秒後に遅れてマッチングしたチームメイトたちが現《あら》われる。

「バトロワ、よろしくお願いします！」

「野良《のら》チーム、お願いします」

俺とマッチングした男女のプレイヤーは、和やかに挨拶をしてくれる。

「こちらこそ、よろしく。俺は、遠距離の弓使い」

「あっ、俺は、剣士です！」

「わ、私は、水魔法使いです！」

俺と同じで不慣れそうなチームメイトと互いの武器を紹介し合った直後、互いの名前を名乗る余裕すら無く、試合開始のブザーが鳴る。

「それじゃあ、早速だけどアイテムを探しに行こうか」

俺がチームメイトの二人に行動を促すと、二人は落ち着かない素振りをしながら話し掛けてくる。

「俺たちバトロワって初めてだから、どう動けばいいか分からなくて」

「どうしたら、そんなに迷いなく動くことができるんですか？」

不慣れそうだと思ったが、まさか俺と同じバトロワ初心者だとは思わなかった。

「えっと、二人はどれくらいバトロワについて知っているの？」

俺が恐る恐る尋ねると二人は、はにかみながら答える。

「今日、初めて知って、勢いでやってみようと思って参加しました！」

「私は、ちょっと前に試合のリプレイを少し見ただけですけど、知識はほとんど同じくらいです」

はにかむ二人に俺は、マジかぁぁぁっと内心頭を抱える。

俺だってミュウたちから予備知識を教わっただけのバトロワ初心者なのに、それよりも真《ま》っ新《さら》な剣士の少年と魔法使いの少女がチームメイトになるなんて。

（た、頼れない……）

それに、こちらをキラキラとした目で見つめてくる二人の期待を裏切れず、俺は二人にできる限りの事を教えながら、なんとか生き残ろうと考える。

「予備知識は持ってるけど、俺も二人と同じ初心者なんだけど……」

俺がそう前置きして、初動での動き方について説明する。

「まず、試合開始と同時に、ミニマップに俺たちの現在位置と円が表示されているだろ？」

「はい、ありますね」

「その円は、時間経過と共に狭まる縮小範囲を表《あら》わしてる」

俺たちが居る場所はミニマップの南西側で、一定時間が経過するとミニマップ中央付近の円に向かってエリア範囲が縮小していく。

その縮小範囲の外に出ると、橙色《だいだいいろ》の靄《もや》が立ち籠めており、その中に居ると徐々にスリップダメージを受けていくのだ。

そうしたエリア縮小を段階的に繰り返しながら、バトルロイヤルは進行していく。

「だから、その円の内側を目指しながら、その道中でアイテムを拾っていくんだ」

「なら、ミニマップで道なりに進めば、遺跡が沢山ある場所に辿《たど》り着けそう」

「そこなら、沢山アイテムが手に入りそうですね」

剣士の少年が縮小範囲の途中にある大きめの遺跡群に目を付け、魔法使いの少女もその場所の探索に賛成する。

「それじゃあ、その場所を目指して早速移動だな」

説明で若干時間を取られたが、俺が先頭に立ってミニマップに薄《うっす》らと見える大きめの遺跡群を目指す。

道中は、【看破】のセンスで警戒しつつ進むが、他のチームと遭遇することなく目的地の端に辿り着く。

「とりあえず、中に入ってアイテムを探そう」

遺跡群の建物の中に走り込めば、棚や床、テーブルにはいくつかのアイテムが置かれていた。

「この青い玉は、何ですか？」

「それは装備の強化宝珠だな。装備メニューから付けられるんだ」

こうした宝珠アイテムには、武器用と防具用があり、付けることで効果を発揮する。

また宝珠の色毎《ごと》にレベルがあり、初期装備の白から順番に、青、紫、赤、金色と性能が高くなり、宝珠にはランダムな追加効果が付く。

例えば、魔法使いの少女が手にした防具用の青い宝珠には、ベースとなるステータス上昇効果の他に、ランダムの追加効果に【斬撃ダメージ耐性（小）】がある。

こうしたランダムな追加効果には様々な種類があるらしく、戦況やプレイスタイルに合った追加効果を見つけたなら交換しながら進んでいくのがバトロワのセオリーらしい。

「装備は、武器と防具の宝珠。それとアクセサリー枠が２つ。消耗品アイテムは初期８枠。途中でポーチを拾うと2枠ずつ拡張されて、最大16枠までアイテムを持てるようになるんだ」

最初の遺跡を漁《あさ》った限り、精々一人分のアイテムくらいしか見つからず、まだまだアイテム収集は足りない。

「それじゃあ、次の建物も見に『――《フレイム・サークル》！』――っ⁉」

最初の遺跡を漁り終えて、剣士の少年が建物の外に出た直後、出てくるのを待ち構えたかのように魔法が放たれる。

「クソッ！　どこから攻めてきた！」

魔法を受けた剣士の少年は、ＨＰの７割を失いながらも遺跡の外にある石碑の陰に駆け込み、次の攻撃をやり過ごす。

「大丈夫⁉　今、ポーションを！」

「待て！　今出ると狙われる！」

俺の方は、建物から飛び出そうとする魔法使いの少女を引き留めて、建物の中に隠れながら外を窺《うかが》う。

「魔法を飛ばせる範囲だと……居た！　向かい側の建物に隠れてた」

俺は、弓に矢を番《つが》えて向かいの建物から顔を出すプレイヤーを狙い撃ちにする。

「バトロワ中は、消耗品の弓矢が無限なのは、有り難《あがた》いな」

俺は、残りの残量を気にせずに向かいの建物に弓矢を速射して牽制《けんせい》しつつ、周囲を見渡す。

「ここから見える範囲だと、魔法使いが一人か。他の仲間はどこだ？」

建物やオブジェクトの死角などがあって、全体を把握できない。

「悪い。ここで向かいの魔法使いを代わりに牽制してくれるか？　俺は場所を変えて周囲を警戒する」

「は、はい！　分かりました！」

牽制する役割を魔法使いの少女と交代して、俺は、建物の外に備え付けられた石の階段から屋根に登り、周囲を確かめる。

「どこだ、どこにいる？」

弓に矢を番えたまま、周囲を見渡し、動く人影を見つけた。

「居た！　右手の建物の裏に前衛剣士が二人居るぞ！」

建物に隠れた仲間の魔法使いがこちらを足止めしつつ、他の近接メンバーが建物の裏を回りながら接近していたようだ。

不意打ち可能な距離まで近づく前に、俺に気付かれて矢を放たれたことで、一気に距離を詰めてくる。

「――《魔弓技《まきゅうぎ》・幻影《げんえい》の矢《や》》！」

「ぐわぁぁぁぁっ！」

分裂する魔法の矢を引き連れた矢の弾幕が、走り込んでくる短剣使いのプレイヤーに次々と突き刺さり、地面に突っ伏す。

だが、もう一人の槍《やり》使いのメンバーは、仲間が倒れたことに動揺もせずに石碑の陰に隠れた剣士の少年に襲い掛かる。

「もう瀕死《ひんし》だろ！　このまま押し切る！」

「そう簡単にやられるか！」

槍の突きに剣士の少年は、大袈裟《おおげさ》なほど大きく飛び退《の》く。

「物陰から出てきたな！　《フレイム――「させませんよ！　――《アクア・バレッ

ト》！」

大きく飛び退いた際に、石碑の陰から出た剣士の少年を狙う建物の魔法使いだが、それをチームメイトの魔法使いの少女が防ぐ。

そうして稼いだ時間で俺は、突っ込んできた槍使いのプレイヤーに狙いを定める。

「不用意に出てきたのは、そっちだ！」

建物の上から一方的に放たれる矢が体に突き刺さり、ダメージを負う槍使いのプレイヤーは、それを嫌がるようにして後退しようとする。

「逃がすか！　はぁぁぁっ――《デルタ・スラッシュ》！」

だが、ここぞとばかりに剣士の少年が飛び込み、三連撃のアーツを決めて二人目を倒す。

「クソッ！　撤退だ！」

唯一残った火魔法使いもチームメイト二人がやられたことで人数的不利から逃げ出す。

「よっしゃぁ！　追い返したぜ！」

「その前に、ＨＰ回復しないと！」

先程のチームを退けた剣士の少年は遺跡群が立つ広間の中央で歓喜し、魔法使いの少女は、魔法でダメージを受けた彼を回復させるためにポーションを片手に駆け寄る。

「おーい、まだ未探索の建物の中探そうぜ！」

「それなら、手分けして探そう。俺は、あっちの建物の中を見てくる」

そして、俺たちは、別々の建物の中に入ってアイテムを探していく。

「アイテムは……ポーションとMPポーションかぁ。それに武器用の赤宝珠が1個に、アクセサリー。それにアイテム拡張のポーチもあった」

俺は、先程の戦闘で使ったMPを回復するために、MPポーションを飲み、宝珠を武器にセットして、消費アイテムをインベントリに仕舞う。

「やった！　こっちの建物は当たりです！　紫宝珠がありました！」

別の建物を探索していた魔法使いの少女がこちらに報告するように声を掛けてくる。

中々にいいアイテムがこの場所で揃《そろ》いそうだ、と思った直後、魔法使いの少女がいる建物目掛けて魔法が降り注ぐのを【看破】のセンスで感じ取る。

「その場から逃げろ！　クソッ！」

俺が、慌てて建物の反対側に飛び出すと、魔法の攻撃を皮切りに別のチームがこの場に突入してくる。

「こいつら仕留めて、キル数稼ぐぞ！」

「紫宝珠は、俺たちが頂く！」

魔法攻撃を受けた味方チームの二人が倒れるのが見えた直後、建物群のあるこの場所にプレイヤーたちが殺到して乱戦が始まる。

俺のいる建物の裏から確認しただけでもプレイヤーの数は4人――最低2チームが、俺たちに襲い掛かって来ている。

「はぁはぁ……クソッ、油断した。別のチームに襲われた！」

メニューを確認すると、チームを組んでいた剣士の少年と魔法使いの少女のＨＰがゼロになり、灰色に染まっている。

俺もこの場に悠長に留《とど》まれば、先程の複数チームの戦闘に巻き込まれてしまう。

「序盤で味方が二人とも脱落した状況で生き残れって無茶だろ！」

全力で逃げ出した俺は、敵チームの感知範囲から離れた岩陰に身を隠し、しばらくその場に留まる。

そして、激しい心音を落ち着けるように深呼吸を繰り返し、周囲の音に耳を傾けながら、何がいけなかったのか考える。

「大きな遺跡群なんだ。俺たち以外にも、アイテム収集が目的のチームと遭遇することは分かってた」

通りやすい道に繋《つな》がる大きな遺跡群であり、アイテムが配置された場所が沢山あるのだ。自然とアイテム収集するプレイヤーたちが集まり、乱戦になる。

それを見越した上で、もっと警戒するか、早めに退散するべきだったと思う。

そうして一人反省しながら、周囲から人の立てる音が聞こえなくなったところで恐る恐る襲撃された遺跡群の場所に戻る。

「周囲には、さっきのチームは居ないか」

味方二人の体は既に光の粒子となって消え、倒された場所には宝箱が残されている。

「宝箱には、倒されたプレイヤーが所持していたアイテムが入ってるよな。中身は……空か。全部持って行かれたな」

他にアイテムが残っていないかと建物内を探していくと、先程襲ってきた別チームが持ち去り切れなかったアイテムを幾つか見つけた。

「防具用の青宝珠が1個。それと戦闘用の消費アイテムが2個かぁ」

敵チームが戦闘でダメージを負ったのか、ポーションなどの回復アイテムは、その場で使ったか、持ち去ったのだろう。

残された戦闘用の消費アイテムは、あまり効果の高い物ではないだろうが、無いよりマシだろう。

「とりあえず、これは持って行って、少しずつアイテムを補充していこう」

きっと先程のチームは、俺たちとの戦闘後にエリアの縮小範囲の内側に向かって進んでいるだろう。

その後を追っていけば、彼らが持ちきれなかったアイテムや彼らに負けた他のチームの所持品が宝箱として残されている可能性が高い。

「逆に考えろ。一人分の必要なアイテムは、それほど多くないんだ。今は、目立たずにアイテムを集めながら生き残ることだけ考えろ」

俺は、それを自分に言い聞かせながら、エリア縮小範囲の内側を目指して移動を始める。

その際に見たミニマップには、残り生存チームとプレイヤーの数が表示されていた。

残り生存チームは——14組37人。

開始早々で三分の一以上のプレイヤーが脱落するバトルロイヤルは、まだ序盤であった。

●

1回目のエリア縮小が終わり、ギリギリでエリア内に滑り込んだ俺は、橙色《だいだいいろ》のダメージガスに背を向けて一息《ひといき》吐く。

「ここからどう戦うか、だよなぁ」

味方のチームメイト二人が脱落して一人になってしまった俺は、ぼやきながらアイテムを収納したポーチの中身を確認する。

「ふう、戦闘用の消費アイテムは、やっぱり人気なやつは持ち出されてるな」

ここに辿《たど》り着くまでの間、ダメージガスに追われながらもいくつかの建物に立ち寄り、アイテムを回収してきた。

その場所は、他のプレイヤーたちが通過した後なのか良《い》いアイテムは残されていなかったが、それでも必要最低限のアイテムを揃えることができた。

「残ってたのは、不人気な煙玉が2個に、放電の呪符が5個かぁ」

ミユウたちと視聴したバトルロイヤルのリプレイ動画では、各チームが戦闘用の消費アイテムを駆使して戦っていた。

バトルロイヤルに登場する戦闘用の消費アイテムは、六種類存在している。

範囲炎上させる——火炎瓶。

視界を遮る水霧の煙幕を張る——煙玉。

触れると【麻痺《まひ》】する雷撃を発する——放電の呪符。

衝撃で強い爆発を引き起こす——爆封石。

激しい光を発する——閃光筒。

着弾した場所にプレイヤーを瞬間移動させる——転移石。

それぞれが火、水、風、土、光、闇の六属性に対応するアイテムとなっているが、アイテムごとに人気、不人気がある。

例えば、闇属性の転移石は、単純に敵チームに強襲を仕掛ける時や戦場から緊急離脱する時などには有効である。

そのアイテムの性質上、投擲《とうてき》したプレイヤー本人しか瞬間移動させられないが、チーム全員が最低一つは持ちたいアイテムである。

他にも、炎上による継続的な炎熱ダメージを与える火属性の火炎瓶や爆発による大ダメージを与えられる爆封石もダメージアイテムとして人気が高い。

その代わり、人気の消費アイテムは、ポーチにスタックできる個数が少なく設定されている。

火炎瓶と爆封石がポーチ1枠に最大1個、転移石が最大2個まで。

逆に、プレイヤーから不人気なダメージに直結しない煙玉が8個、放電の呪符が6個とポーチ1枠に入れられる最大個数が多くなるように調整されている。

「とりあえず、アイテムを集めないと対抗できないし……他のプレイヤーを倒して奪っていくしかないか」

とは言っても俺一人で、3人チームに仕掛けても返り討ちに遭うのが関の山だ。

ならば、やることは一つ。

「気づかれないように、一人ずつ確実に倒していく、だな」

俺は、ミニマップを確認し、次のエリア縮小を予測して移動を始める。

「多分、リプレイだと、こんな感じの場所で待ち伏せていたよな」

エリア内には、大小様々な岩山とその間を通る道が走っている。

エリアの縮小で追い立てられるプレイヤーたちは、なるべく走りやすい道に沿って移動する。

逆に、そうした道で待ち伏せする敵チームも居たのだ。

ソロの俺がそんな開けた場所を通ろうものなら、すぐに見つかって集中砲火を受けてしまう。

だから俺は、逆にソロの身軽さを生かして、道から外れた草木の陰を伝うように身を隠しながら待ち伏せするプレイヤーを探す。

「ビンゴ！　丘の上の岩場に陣取ってる！」

起伏のある坂道の上で、オブジェクトの岩を盾にして待ち伏せするチームが居た。

「……人数は、１チーム３人かぁ」

このまま俺一人なら、隠れたまま2回目のエリア縮小範囲に入り込むこともできそうだ。

だが、消極的な戦い方では、終盤に向けて必要なアイテムが集まらずに抵抗もできないかもしれない。

「……逆に、ここで他のプレイヤーからアイテムを手に入れることができれば、少しは楽になる」

草の生い茂る場所で身を低くしながら隠れる俺は、できる限りの細工をする。

ポーチから不人気アイテムの放電の呪符を取り出し、バトロワでの弓使いの特権である無限の矢から一本取り出して巻き付けていく。

「【放電の呪符】って、なんか見たことがあるような気がするんだよなぁ」

黄緑色のインクで幾何学模様や文字らしき物が描かれた細長い紙を観察する俺は、そう呟《つぶや》きつつ、弓矢の軸の部分に【放電の呪符】をクルクルと巻き付けていく。

「おおっ、ピタッと吸い付く。ファンタジーだなぁ」

【放電の呪符】は、投げると一定の速度で浮遊しながら前方の敵プレイヤーに張り付こうと追尾する性質がある。

ただ、【放電の呪符】の追尾性能は弱く、また投げてからの移動速度も遅い。

追尾範囲も広くないので攻撃手段と言うよりは、接近してきた相手を【麻痺】で足止めする空中機雷のような牽制《けんせい》アイテムという位置付けである。

そのため、中途半端《ちゅうとはんぱ》な性質のために不人気ではあるが、【麻痺】の状態異常《バッドステータス》の成功率は高く、雷撃ダメージもそこそこある。

また、今見たように道具に貼り付ける小技もある。

それを利用して――

「とりあえず、【放電の呪符】を全部、矢に巻くか」

草むらに隠れて弓矢の軸にクルクルと呪符を巻きながら待つ俺は、待ち望んだ展開がやってきたのを目にする。

『うぉぉぉぉっ！　この丘を越えて、エリアに入り込め！』『させるか！　地の利は、こっちが有利だ！』

丘の岩陰で待ち伏せするチームと、2回目のエリア縮小でダメージガスに追われながらも丘を越えようと駆けてくるチームが互いにぶつかろうとしている。

待ち伏せチームは、ここで敵チームを倒してアイテムを奪うつもりなのか、魔法使いに加えて、他の近接メンバーもこれまで手に入れた攻撃アイテムの火炎瓶や爆封石を投げて仕留めに掛かっている。

対する丘を突破しようとするチームは、身を低くして坂道の微妙な窪《くぼ》みや起伏などを利用して射線を切りながらジリジリと距離を詰めている。

『クソ！　こうなったら、魔法で応戦だ！』

坂の下から魔法で応戦しつつ、近接戦闘に持ち込もうとしている。

「状況は、丘の待ち伏せチームが全員生き残りそうなほど有利だなぁ。でも、理想は生き残ったチームも疲弊させること」

可能なら互いのチームが激しく消耗して、生き残ったチームも味方が一人か二人脱落した状態が望ましい。

人数が減れば、持ち運べるアイテムに限りが生まれ、持てないアイテムはその場に残していくしかない。

「残り物がなるべく多く残るように、俺のために脱落してくれ」

中々に酷《ひど》いことを言う俺は、上空に向けて弓矢を放ち、すぐに射撃地点を悟られないようにその場から移動し、別の場所に隠れる。

放物線を描くように放たれた【放電の呪符】を巻いた矢は、丘上の岩陰から魔法を放つ魔法使いに狙いを定め、追尾性能の微調整を繰り返しながら落ちてくる。

そして――

『ははははっ、これで近づけないだろ！――《ウィンド・カッタ――あばばばっ⁉』『なんだ⁉　どこから弓矢で狙撃された！』『おい！　しっかりしろ！　なんで弓矢に【放電の呪符】が巻かれてるんだよ⁉』

丘上で岩場を盾に待ち伏せしていたチームは、遠距離のメイン火力である魔法使いが矢に巻かれた【放電の呪符】で【麻痺】して動きが止まる。

『魔法が止《や》んだぞ⁉』『まさか、MP切れか!』『今だ、乗り込め! うぉぉぉぉっ!』

その混乱に乗じて、坂下のチームが一気に距離を詰めてくる。

待ち伏せチームは、俺からの正体不明の狙撃を受けて、坂下だけではなく周囲にも警戒しなければならず、チームの動きが明らかに鈍っていく。

その結果、待ち伏せチームからの攻撃の手が弱まり、坂下を駆け上がっていたチームが距離を詰めるのに成功して接近戦に変わる。

『散々やってくれたな! 喰《く》らえ!』『やられるかよ! お前たちこそ、俺たちのポイントになれ!』『アイテム寄越せや、おらぁっ!』『お前らに使った攻撃アイテム、お前らの命で支払え!』

そうして互いに消耗していく様子を【空の目】で確かめながら、時折両者の均衡を保つために攻撃を加えていく。

「なんか、とても悪いことやってる気がしてきた。――《ゾーン・ボム》」

両チームの戦いを泥沼化させる罪悪感を覚えながらも、【空の目】と土魔法スキルを組み合わせた座標爆破で優勢な方にダメージを与えていく。

座標爆破ならば、魔法の軌道から射撃地点を予想されずに、戦場をコントロールすることができる。

「そろそろ終わりそうかな？」

両チームの戦いは、最初優勢だった待ち伏せチームが全滅し、残ったチームも一人が脱落して前衛二人が生き残る。

そして、生き残った二人は、丘上に残された四つの宝箱から必要なアイテムを探している。

「キル数は増えないけど、間接的に4人のプレイヤーを倒したんだよなぁ」

俺は、生き残ったチームが去った後、残された宝箱の中身を確認してアイテムを集めていく。

「とりあえず、最優先でポーチの枠拡張して、あとはゆっくりとアイテムの選別を……」

『ギャオォォォォオッ――』

「この鳴き声、まさか⁉」

俺がプレイヤーたちの残した宝箱からアイテムを選び取ろうとしたところで、上空から怪獣のような鳴き声が響く。

地上を通り過ぎる黒い影を反射的に見上げれば、上空では燃えるような真っ赤な鱗《うろこ》を持つドラゴンが旋回していた。

「ちょ！　このタイミングでドラゴン⁉」

俺は、慌てて拡張したポーチに詰め込めるだけのアイテムを詰めて、駆け出す。

その直後、上空を旋回していたドラゴンが咆哮《ほうこう》を上げて、空に向かって大口を開けて、ブレスを放つ。

空に向けて放たれた炎のブレスは、方々に散り、赤い火球となってバトロワエリアの一部区画に降り注ぎ始める。

「まだアイテムを選別してなかったのにぃ！《付加《エンチャント》》――スピード！」

視界端に映るミニマップを頼りに、ドラゴンの爆撃を表《あら》わす危険地帯の赤い丸の範囲から逃れるために駆け出す。

そして、次々と背後や周囲に降り注ぐ火球の着弾音を聞きながら、大岩に空いたトンネルを見つけて、そこに滑り込む。

「はぁはぁはぁ……なんとか、逃げ切れた」

バトルロイヤルでは時折、エリア縮小で迫るダメージガスとは異なり、ランダムでドラゴンによる爆撃が起こり、その範囲内が危険地帯となる。

そうしたドラゴンの理不尽な襲撃から逃げ切り、運悪く爆撃に巻き込まれて倒れるのもバトロワの醍醐味《だいごみ》ではある。

ミュウたちと見たバトロワのリプレイ動画では迷試合に分類され、俺も右往左往する姿に笑わせてもらったが、いざその立場になると、笑えない。

俺は、岩山のトンネルの壁を背に、溜息《ためいき》を吐《つ》く。

「ちくしょー！　アイテムの選別が全然できなかった。それに2回目のエリア縮小も始まってるから、ドラゴンの爆撃が終わっても、さっきの場所はダメージガスに呑《の》まれてるから取りに戻れない……」

折角、4人分のアイテムが残っていたのに、ドラゴンの爆撃に邪魔されて全然選べなかった。

「とりあえず詰めてきたアイテムは、武器と防具の宝珠は紫色だな。それとアクセサリーと消費アイテムも中々補充できた」

武器と防具は、紫色の宝珠と交換し、アクセサリーもより良《い》い物に厳選して交換していく。

両チームとも応戦するために魔法や投擲《とうてき》物を使ってたので、HP回復のポーションと主力なダメージアイテムは多くなかったが、それでも一人分のアイテムくらいにはなった。

「トンネルの外は、ドラゴンの爆撃が続いているから戻れないし、このトンネルを進むしかないか」

大岩に空けられたトンネルには、俺が入って来た南西側の入口の他に、中央と南東側の出入り口がミニマップから確認できる。

だが、あまりうかうかしていると、次のエリア縮小でこのトンネルの場所もダメージガスに呑み込まれるかもしれない。

「とにかく中央に向かわないと……」

マップ南西からトンネルを通って中央の出入り口に向かって走って行けば、程なくしてトンネルの出口を見つける。

「ああ、エリアの遺跡群だ」

俺が出てきたトンネルの出入り口より一段低い窪地《くぼち》には、遺跡の街並みが広がっていた。

今まで通ってきた場所よりも明らかに多い立体建造物の街並みは、バトルロイヤルエリア全域の八分の一を占める広さがある。

その分、遺跡の中には多くのアイテムが残されているが、建物の死角も多い場所である。

この遺跡群の中を探索するのは嫌だなぁと思いながらも、俺に足踏みしている余裕はないと遺跡の町中へと恐る恐る入って行く。

●

「おっ、アイテムは結構残されてる」

バトルロイヤルの中盤戦に差し掛かり、視界内に映る残り生存チームは――10組19人。

広大な遺跡群に足を踏み入れた俺は、周囲に他のプレイヤーが居ないか確認しながら、建物中のアイテムを漁《あさ》っていく。

必要な物は取って、不要な物はその場に置いて整理しながら別の建物に入って行くと――

「……ひぇっ⁉　た、宝箱！」

窓辺には、宝箱があり、思わず息を呑む。

明らかに不自然な宝箱の存在は、この場で他のプレイヤーが倒された証《あかし》である。

近くに、このプレイヤーを倒した敵チームが潜んでいるかもしれない。

俺は、身を低くして窓の外から見られない死角を通って、恐る恐る宝箱に近づく。

そして、ソッと宝箱の中身を確認すると……

「……ほとんど、アイテムが揃《そろ》ってる」

他のプレイヤーと交戦した時に使用する消費アイテムの類いは、ほぼ無事であった。

そのことからアイテムを使う間もなく倒され、また倒した敵チームもアイテムを回収しに来ていないことが予想される。

そして、そんな宝箱からアイテムを拝借していると、壁一枚隔てた向こう側から声が聞こえてくる。

「皆さん、次の場所に移動しますか？」

（ルカートの声？）

窓辺からこっそり覗《のぞ》き込むとルカートとヒノ、リレイが居た。

「そうだね！　十分にアイテムも揃ったし、終盤まで戦い抜けそうだね！」

「ふふふっ、ですが、この場に持ちきれないアイテムを残していくのは勿体《もったい》ないですね」

この周囲に居た敵チームをルカートたちが倒したのだろう。

三人が持ちきれないアイテムがかなり残されているなら、去った後に回収しようと思っていると、リレイの言葉に耳を疑う。

「ふふふっ、アイテムを残して他人に利用されるのもアレですから、万が一に潜んでる敵チームの炙《あぶ》り出しも兼ねて盛大に使いましょうか。――《プロミネンス・ドラグーン》！」

リレイが俺とは反対方向の建物に魔法をぶっ放す。

「そうだね。ボクも消費アイテムを無駄打ちするよ。ほーい！」

ヒノも気の抜けた掛け声と共に、火炎瓶や爆封石を建物の入口や窓に投げ込んでいく。

不壊オブジェクトである建物は炎上や爆破の衝撃で崩れることはないが、その炎は残留し、減衰するが衝撃ダメージも壁越しに伝わる。

（あっ、アイテムが勿体ない）

「ヒ、ヒノさん、リレイさん。そこまでやらなくても……」

（そうだ、そうだ。ルカートの言うとおりだ）

俺が内心ルカートを応援していると、余ったアイテムを使って遺跡群へ攻撃を続けるヒノとリレイが不可解な行動の理由を説明する。

「ルカちゃん。確かに、無駄なことみたいだけど、これにもちゃんと理由があるんだよ！」

「ふふふっ、例えば、建物に隠れている時に突然、攻撃されたらどう考えますか？」

「えっと……狙われたと思って防御を固めて、警戒するでしょうか？」

「それでは、それが断続的な攻撃や炎上によるスリップダメージだったとしたら？」

そう言って不敵に笑うリレイは、火魔法を建物に放っていく。

その攻撃の矛先は、徐々に俺のいる建物に近づいていき――

「うぉぉぉぉっ！」

「ふふふっ、ご覧の通り、耐えられずに巣穴から飛び出してくるんですよ」

俺の隣の建物に隠れていたプレイヤーが、体に炎を纏《まと》いながら飛び出してくる。

きっと俺と同じように他のチームメンバーが脱落して、隠密《おんみつ》しながらも生き残ろうとしたのだろう。

（って、言うか、その建物に居るの、全然気づかなかった）

火魔法のスリップダメージを受けて冷静さを欠いたプレイヤーがルカートたちに破れかぶれの突撃をしていく。

だが、すぐさまルカートとヒノによって倒されて宝箱に変わっていく。

そして、辺り一帯の建物の炙り出しをするヒノとリレイは、ついに俺が潜む建物にも攻撃の手を差し向け――

「どうやら、他のプレイヤーたちは居ないみたいですね」

俺の居る建物にも強力な火魔法が放たれて内部が轟々《ごうごう》と燃え、続けて室内に投げ込まれた爆封石の衝撃が吹き荒れる中、ルカートの呟《つぶや》きが響く。

「残していくアイテムも使えて、プレイヤーも一人炙り出せたし、上々だね」

「ふふふっ、派手な音を聞きつけて他のチームが集まってくるかもしれません。すぐにここを離れるとしましょう」

そうして、ルカートたちの足音が離れていくのを聞きながら、室内を照らしていた炎が鎮火したのを頃合いに、影の中から部屋の中に現《あら》われる。

「危なかった……《シャドウ・ダイブ》で間一髪だ」

部屋の隅の影に《シャドウ・ダイブ》で潜り込み、ルカートたちの炙り出しの攻撃をやり過ごしたのだ。

だが、まだ危機は去ったわけではない。

「ルカートたちが激しい音を出したから、他のチームもここに集まってくるよな。巻き込まれないように離れないと……」

既に、俺も終盤まで必要なアイテムは集め終えている。

とにかく、乱戦に巻き込まれないために、俺もその場から立ち去る。

そうして逃げ込んだのは、先程まで居た場所を覗き見しつつも離れた場所の遺跡の二階を選ぶ。

【空の目】の遠視能力で、魔法などの遠距離攻撃の射程範囲外から俺やルカートたちと入れ替わるように集まってきた他のチームが交戦する様子を窺《うかが》う。

そして、その集まってきたチームの中に、見知ったチームを目にする。

「あれは、ミュウたち？」

ミュウたちのチームが、遺跡群の合間を走り抜けていたのだ。

「トビちゃん、コハク、こっちに曲がるよ！」

「待て！　逃がすか！」

ルカートたちの立てた爆音に集まってきた他チームの中にはミュウたちもおり、他のチームに追われていた。

建物の裏に入ったミュウたちは、追ってきた敵チームの視界を一度切る。

追ってきた敵チームもミュウたちに不用意に近づいて、建物の陰から奇襲されるのを警戒して、一定の距離を保ちながら、魔法を放つ準備をしていた。

「トビちゃん、コハクを運ぶよ！」

「……コハクさん、こちらに。――《シャドウ・ダイブ》！」

トウトビは、【潜伏】スキルの《シャドウ・ダイブ》を使い、手を取ったコハクと一緒にミュウの影に入り込む。

「それじゃあ、行くよ！」

そしてミュウは、そのまま建物の裏から飛び出し、敵チームに向かって駆けていく。

『出てきたぞ！　狙え狙え！』『一人だけだ。他の二人は、建物の裏から来るぞ！　そっちも警戒しろ！』

魔法で狙われているが、【立体制限解除】のセンスを持つミュウは、敵の魔法を避《よ》けて、遺跡の壁を足場に加速して迫る。

「おおっ、壁ジャンプとか、凄っ！」

魔法に狙われても、跳躍で回避し、壁を足場に蹴って加速するミュウ。

「空中じゃ逃げ場がないぞ！　――《アクア・バレット》！」

「まだだよ！　――《エア・ステップ》！」

相手も発動の早い魔法で空中に飛び上がったミュウを狙うが、更に空中を蹴ったミュウが魔法を回避して、肉薄する。

「今だよ！　トビちゃん！　はぁぁぁっ――《フィフス・ブレイカー》！」

「……解除です！　はぁぁっ――《ネックハント》！」

ミュウが相対していた魔法使いに五連撃のアーツを放ち、建物の反対側から回り込んでくると予想して待ち構えていた他のチームメンバーを影から飛び出したトウトビが奇襲する。

「くっ!?　まさか、そんな方法で！」

「遅いで！　――《エアロ・カノン》！」

ミュウの影の中で魔法の準備を整えていたコハクも相手が反撃するより早く空気砲を放って、一つのチームを撃破する。

「よーし！　アイテム集めたら、次のチームも倒しに行くよ！」

そうして、再び影の中に入り込んだトウトビとコハクをミュウが運び、いくつかのチームに突撃強襲を仕掛けていく。

やたらと魔法を回避する前衛がたった一人で突撃してきたかと思ったら、いきなり目の前に二人の味方が現われて、混乱から回復する間もなく激しい攻撃に晒《さら》されるのだ。

遭遇した敵チームにとっては、悪夢だろう。

そうこうしていると、バトルロイヤルのインフォメーションに一つのメッセージが更新される。

――新たなキルリーダー【ミュウ】が誕生しました――

視界の端に映る残り生存チームとプレイヤー人数、ミニマップなどと同じで、この試合で最もプレイヤーを倒した人の名前がミュウに更新された。

「怖っ、見つからないように祈ろう」

3回目のエリア縮小も始まり、この遺跡群の町中にエリアが絞られて、いよいよ逃げ場がなくなってきた。

橙色《だいだいいろ》のダメージガスの壁も間近に迫り、エリア縮小に合わせて周囲に居た敵チームが一気にこの遺跡群の町中に入り込んでくる。

そうなれば、生き残った敵チームとの遭遇率も上がるだろう。

いよいよ、終盤戦に移り変わろうとしていた。

俺は、改めて残された範囲をミニマップで確認しながら、今潜伏している遺跡内で生き残る戦略を練ろうとするが……

「なんか、もう十分じゃないかなぁ。俺、よく頑張ったよな」

脱落したチームを数えると、既に10位以内は確定している。

もうそろそろ脱落して、試合を観戦する側に回っても良いかなぁ、などと遠い目をするが、弱気になる心を振り払うように頭を振る。

「いやいや、最後まできっちり生き残ろう！」

気合いを入れ直した俺は、エリア範囲の狭まったミニマップを確認する。

複雑かつ遮蔽物の多い遺跡群の中なら、立ち回り次第ではソロでも十分に対抗できるはずだ。

俺は、どの辺りが戦うのに適した場所かと、ミニマップを調べていると、ふと人の気配を感じて顔を上げる。

「「あっ……」」

俺のいる建物に気配を殺して入って来たプレイヤーとバッチリ目が合う。

「あははははっ……それじゃあ！」

「あっ⁉ 逃げたぞ！」

俺は、建物の窓から飛び降り、そのまま逃げ出す。

逃げた直後、背後の建物から大きな声が上がり、他の建物から彼の仲間たちが出て追ってくる。

きっと、周囲の建物の安全確認をやってたんだろうなと思うが、そうも呑気《のんき》にしていられない。

「ヤバいヤバい、見つかった！ とりあえず、《付加《エンチャント》》――アタック、スピード！」

自身に攻撃と速度のエンチャントを二重に掛けて逃げ足を早めながら、チラリと後ろを見る。

「前衛二人に後衛一人のバランスのいいチームかぁ、って危なっ！」

【看破】のセンスの反応に従い、後ろから飛んでくる魔法を避ける。

相手も走りながらでは、溜《た》めが必要な上級魔法スキルは使えないためか、下級魔法を放ってくるが、それを避けながら遺跡の建物の間を走り抜ける。

「こういう時は——先頭を一人ずつ！」

走りながらクルッと後ろを振り向いた俺は、一発弓矢を放って、また正面を向いて走り続ける。

放った矢が当たったかどうかは、確認しない。

背後で弓矢を受けた苦悶《くもん》の声が漏れ聞こえるが、足を止めずに走り続ける。

以前、マギさんたち生産職が主催したイベントで開催された多人数同時参加のバトルロイヤルＰＶＰ《プレイヤー・バーサス・プレイヤー》を観戦した時、タクが使った戦法だ。

複数のプレイヤーたちに狙われたタクは、囲まれるのを避けるためにとにかく逃げて、追ってくる先頭のプレイヤーとの一対一の状態を維持し続けていた。

一対多数では、袋叩《ふくろだた》きに遭ってしまうが、逃げ続けて先頭の一人と戦うだけなら、対処は可能だ。

「俺が作るのは、一対三の状況じゃない。一対一の三連戦を作るんだ。《空間呪加《ゾーン・カースド》》——アタック、ディフェンス、スピード！」

　そう言って、走りながら振り向いた俺は、追ってくる3人に三重のカースドを掛ける。

　相手のステータスが下がって距離感を保ちやすくなり、後ろから飛んでくる魔法も建物の角を曲がることでやり過ごす。

　そうした追いかけっこを続けながら、時折振り向いて弓矢を先頭のプレイヤーに当ててて少しずつダメージを蓄積していく中――

「そう何度もやられるか！　これでも喰《く》らえ！」

「ヤバいっ⁉　――《ストーン・ウォール》！」

　振り向いて射撃する隙を狙って、先頭のプレイヤーが【爆封石】を取り出して投げ付けてくる。

　流石《さすが》に、【爆封石】が直撃すれば、一溜《ひとたま》りもないために、反射的に石壁を生み出すが、石壁で防ぎ切れなかった衝撃が襲ってくる。

「ぐっ……HPは、残り6割。まだ耐えられる」

　爆破の衝撃で地面を転がりながら、後方を追っていた敵チームの様子を見る。

「これで、トドメだ！　――《フレイム・ピラ――」

　爆煙の隙間から見える敵チームの魔法使いが、俺を倒すために強力な魔法を放とうとしてくる。

だが、建物の上から降ってきた人影が、魔法使いに全体重を掛けて片手剣を突き立てHPをゼロにした。

突然の新手の登場に、俺が矢を放つと降ってきた相手は、突き刺していた片手剣を引き抜きながら矢を弾き、こちらの存在に気付く。

「あっ！　ユンお姉ちゃん、生き残ってたんだ！」

建物の上から降ってきたミュウは、すごーい！　と感心したような声を上げる。

だが、その目には油断はなく、不意打ちで倒した魔法使いが光の粒子となって消える中で剣を構え直す。

「クソッ、俺たちの仲間をよくも！　俺は、こいつを相手する！　お前は、逃げ回ってる弓使いを狙え！」

突然のミュウの乱入に残された敵チームの前衛二人は、それぞれ俺とミュウに分かれて向かってくる。

「私一人だと思った？　トビちゃん！」

「……はい！　行きます！」

ミュウを相手にするために一人で立ち向かったプレイヤーに対して、ミュウが合図を下すと共に、近くで潜伏していたトウトビも現《あら》われ、二対一の状況になる。

「くっ、他に仲間が居たか！　俺もそっちに向かう！」

俺を追おうとしていた敵チームの一人が、味方がミュウとトウトビの挟み撃ちに遭っていることに気付き、俺を追うか、仲間の援護に向かうか一瞬迷ったが、仲間と共にミュウたちと戦うことを選んだ。

「これは……もしや、チャンス？」

俺を追っていた敵チームは、ミュウとトウトビの乱入でこちらに構う余裕がなくなった。

今こそ、ミュウたちや他のチームを足止めして一網打尽にするチャンスかもしれない。

「一人だけじゃ手数が足りない。——《ゾーン・サモン・リトルゴーレム》！」

【空間】系スキルと土魔法の召喚スキルを組み合わせ、視認した範囲に細身のゴーレムが3体召喚される。

本当は、もっと多くのゴーレムたちを呼び出そうと思ったが、召喚スキルで呼び出せるMOBの数は最大3体までのようだ。

まぁ、際限なく呼び出せてしまえば、バトルロイヤルも別のゲームになってしまう。

「《空間付加《ゾーン・エンチャント》》——アタック、ディフェンス、スピード！　《空間呪加《ゾーン・カースド》》——アタック、ディフェンス、スピード！　行け、ゴーレムたち！」

ゴーレムたちに三重エンチャントを施し、ミュウたちにはカースドによる弱体化を掛けて、ゴーレムたちを突撃させる。

「おおっ⁉　カースドで弱体化させて私たちも倒すつもり？　負けないんだから！」

ミュウは、近づいてくるゴーレムの内の1体の攻撃を片手剣で受け流しながら、囲まれないように立ち回る。

「……ですが、エンチャントで強化されたゴーレムは硬いです」

トウトビもゴーレムを倒そうと短剣を振るうが、敵チームの前衛二人も相手しなければならず、倒すのに苦戦している。

「これで動きを鈍らせる！」

俺は、ゴーレムに囲まれないように立ち回るミュウたちに、散発的に弓矢を放っていく。

放った矢がミュウたちに小さなダメージを与えていくが、弓矢だけでは倒れないと無意識に刷り込んでいく俺は、【放電の呪符】を巻いた矢を手に取る。

【放電の呪符】には、自動追尾効果があるために避《よ》けづらく、先程のように片手剣で矢を弾けば、触れた瞬間に呪符の効果で放電ダメージと【麻痺《まひ》】を与え、致命的な隙を生み出すことができる。

「――ここっ！」

俺は、タイミングを見計らい、ミュウに放電の呪符を巻いた矢を放つ。

「――《ハンマー・スロー》！」

それと同時に、俺の死角にある建物の陰から大槌《おおづち》がぶん投げられてきた。

「トビちゃん回避⁉　――《エア・ステップ》！」

「……っ⁉　――《シャドウ・ダイブ》！」

ミュウが警戒の声を上げると共に空中を踏み、トウトビも影の中に沈み込み、縦回転しながら飛んでくる大槌の範囲から逃れる。

だが、回避し損ねた敵チームと俺の召喚したゴーレムたちが、まるでボウリングのピンのように飛んでくる大槌に撥《は》ね飛ばされていく。

また、ミュウを狙って放った呪符を巻いた矢も、大槌によって小枝のようにポッキリと折られて消えていく。

「あぁぁあっ！　折角、呼び出したゴーレムと呪符を巻いた矢が⁉」

突然、一撃で倒されたゴーレムに叫びを上げた俺は、投げられた大槌の行方を目で追う。

投げられた大槌は、反対側へと通り抜けていくが、突然空中で静止して放物線を描くように持ち主へと戻っていく。

一定の距離を越えたら持ち主の元に戻っていく、遠距離系のアーツだったのだろう。

「惜しかった！　ミュウちゃんかトビちゃんのどっちかを倒せれば、この後が楽だったのに！」

「ヒノちゃん！」

投げられた大槌の持ち主は、やはりヒノだった。

空中を跳躍した勢いで建物の屋根に着地したミュウがヒノの名前を呼ぶが、射線の通る屋根の上にいるミュウ目掛けて、次々と火球が飛んでくる。

「この魔法！　リレイの攻撃だね！　《マジック・ソード》──ソル・レイ！」

ミュウは、片手剣に光魔法を籠めて、飛んでくる火球を次々と切り捨てていくが──

「ふふふっ、なら、もっと弾幕を増やしましょう！」

リレイの声が響くと共に、ミュウに襲い掛かる火球の弾幕の密度が増す。

「わわわっ！　これは防ぎきれない！　コハク、ヘルプ！」

「今、うちらの裏取りしようとした敵チームを殲滅《せんめつ》したところや！　うちが相殺《そうさい》したる！」

ミュウの救援を求める声にコハクも別の建物の屋根に上がり、魔法の弾幕で応戦する。

「ちょっ⁉　俺を巻き込むなよ！」

だが、コハクとリレイの魔法の一部は、ぶつからずに逸《そ》れて、残り少ないバトルロイヤルエリアに降り注いでくる。

俺が降り注ぐ魔法を避ける一方、コハクにリレイの相手を任せたミュウは、トウトビと一緒にヒノに斬り掛かっていく。

「私とトビちゃんの二人でヒノちゃんを倒して、その次はリレイを狙うよ！　――《ソル・レイ》！」

「させませんよ！　――《ショック・インパクト》！」

ミュウが建物から飛び降りながら放った収束光線は、ヒノとの間に割り込んできたルカートの大剣に弾《はじ》かれて、俺の方に飛んでくるのをギリギリで避ける。

「ちょ、わ!?　なんで魔法の余波が俺の方に来るんだよ！」

慌てて避けた俺が周囲の状況を見渡せば、ミュウとルカートの両チームが勢揃《せいぞろ》いしていた。

●

「ヒノさん、リレイさん！　潜伏していた別チームを片付けました！　残り3チーム7人です！」

ルカートがそう声を張り上げると、ミュウやヒノ、トウトビたちがチラリと俺の方を見る。

残り3チーム7人と言うことは、俺を含めたミュウとルカートの両チームが生き残りと言うことだ。

「なら、全力で相手しないとね！　――リリース！」

「こちらも負けませんよ！　――《グランド・ソード》！」

ミュウは、片手剣に籠めた魔法を解放して剣先から伸びる収束光線で薙《な》ぎ払おうとする。

対するルカートが、それを真っ正面からアーツで相殺していく。

「ちょ、ミュウ！　なんて物を振り回すんだよ！」

その攻撃の余波が俺にも届きそうになり、それが合図となってミュウとルカートのチームが互いに攻撃を始める。

トウトビとヒノはバトロワ用の攻撃アイテムを織り交ぜた戦闘を行《おこ》ない、上空ではコハクとリレイの魔法の弾幕合戦が続いており迂闊《うかつ》に手出しできない。

「あれ？　これって、1位で生き残るの無理じゃない？」

ふと頭に過《よぎ》ったことを呟《つぶや》く俺は、冷静に今の状況を整理する。

ミュウのチームとルカートのチームがフルメンバーで生き残り、拮抗《きっこう》して争っている状況で、俺がどちらか一方のチームに肩入れして誰かを脱落させたとしよう。

どちらかのチームの前衛を一人脱落させた場合、人数差が三対二となり、人数が多い方に形勢が傾く。

そうなれば、人数の多いチームが一人ずつ倒していき、最後に俺が狙われる。

また、魔法使いであるコハクとリレイは、互いが高威力の範囲魔法を放つのを抑止している。

もし、コハクとリレイのどちらか一方を脱落させた場合、生き残った方が俺を含めた敵チームを纏《まと》めて倒すために、上級の範囲魔法を放ってくることが予想される。

もしも、俺の視認できる範囲にミュウたちが全員居れば、《ゾーン・エクスプロージョン》を使って複数対象を同時に座標爆破してダメージを与えられるが、俺の手の内を知るコハクとリレイは、声だけは聞こえるが姿を現さない。

じゃあ、俺が両チームが互いに消耗するように攻撃したり、逃げ隠れするような立ち回りを見せたらどうなるか。

横槍《よこやり》を入れられるリスクを排除するために、ミュウとルカートの両チームから狙われることになる。

今、俺が生き残っている理由は、二つ。

運が良ければ、俺がミュウとルカートのどちらかのチームに有利に動いてくれるから。

そしてもう一つの理由は、俺を倒すために下手に動けば、相手がその隙を突いてくるから。

そのため俺への攻撃は、牽制《けんせい》や余波程度に留《とど》めているのだ。

「ああ、マジで詰んだな」

ここで俺が1位になるには、ミュウたち6人を相手に無双する、なんて非現実的なことをしなければならなくなり、遠い目をする。

その間にも、ミュウたちの攻撃の余波がこちらに飛んできてそれを避ける。

「もう、ユンお姉ちゃん！　ちょこまかと避けないでよ！　――《ソル・レイ》！」

「やっぱり、ミュウたち！　俺を狙ってるよな！」

いよいよ、俺を狙っていることを隠さなくなってきたミュウに若干の涙目になりながらも攻撃を避け続ける。

4回目のエリア縮小も始まり、いよいよ逃げ場も無くなってきた俺は、覚悟を決める。

「ちくしょう！　絶対に、一方的に負けてやらないからな！　――《ゾーン・サモン・リトルゴーレム》！」

ミュウたちに攻められる前に、こちらから先手を打って盤面を引っかき回すために、倒された3体のゴーレムたちを再召喚する。

「MPキツいなぁ。ぷはぁ……《空間付加《ゾーン・エンチャント》》──アタック、ディフェンス、スピード！　《空間呪加《ゾーン・カースド》》──アタック、ディフェンス、スピード！」

ゴーレム召喚で消費したMPを回復するためにMPポーションを飲み、続けて召喚したゴーレムたちに三重エンチャントを施し、最後にミュウたちに三重カースドを掛けていく。

「準備完了！　行け、ゴーレムたち！」

『『『──ゴォォォオオッ！』』』

俺の指示を受けた強化ゴーレムたちが力強い歩みで、ミュウたちの方に向かって突撃していく。

「くっ、ユンお姉ちゃんに強化されたゴーレム、強い！」

「私たちもユンさんのカースドでデバフを受けているのも理由ですよ！」

「……っ!?　このゴーレム、私との相性は悪いですね」

俺が指示したゴーレムたちは、それぞれがミュウ、ルカート、トウトビに向かい、対峙《たいじ》する。

ブォン、という風切り音を立てるゴーレムの拳は、その音だけで破壊力を感じさせる。

ミュウたちも反撃するが、エンチャントとカースドでステータス差が縮まったゴーレムには、手応えがあまり感じられない。

「ルカちゃん！　ゴーレム倒すの手伝う？」

唯一、ゴーレムの足止めを受けなかったヒノが、ルカートに手伝うことを提案するが、その間に俺は、上空で飛び交う炎弾が放たれる場所を目指して走り出す。

「ヒノさんは、ユンさんを追って下さい！　ユンさんの狙いは、リレイです！」

「わかった！　ユンさんは、僕が止めるよ！」

ルカートが真っ先に俺の目的を予想し、フリーのヒノに俺を追わせてくる。

「よし、上手《うま》く一人だけ釣れた！」

ゴーレムに足止めさせた俺がリレイの居場所を目指せば、後ろからヒノが追ってくる。

俺がリレイを狙うと見せかければ、同じチームのルカートとヒノのどちらかが追ってくると予想していた。

「ユンさん！　まさか、2位狙いに切り替えた⁉」

ジリジリと俺との距離を縮めるヒノは、俺の背中にそんな言葉を投げ掛けてくる。

ルカートやヒノたちの視点から考えれば、リレイを倒せば、ルカートたちのチームが人数的に不利になるだけではなく、魔法使いのコハクが自由に強力な魔法を使えるようになる。

そうなれば、戦力的な余裕が生まれるミュウたちが俺とルカートたちのどちらを先に狙うかの運次第になる。

ヒノたちは、俺が2位狙いで行動しているのだと予想したが――

「――俺は、1位を諦めてないよ！」

遺跡群の間を走り抜けて、狭い路地へと入り込み、後ろ手にアイテムをヒノの方に投げ込む。

「煙っ!? だけど、こんな妨害で止まらないよ！」

走りながら後ろ手で地面に落とした【煙玉】が、遺跡群の狭い路地に煙幕を張っていく。

遠距離攻撃の手段が豊富ではないヒノには、煙幕越しにこちらを狙う選択肢はなかった。

煙幕の先がどうなっているか窺《うかが》うこともできないまま突き進み、俺との距離を一気に縮めてくる。

「これを食らって、止まれぇぇぇっ！」

煙玉の煙幕を抜けて俺に追いついたヒノが大槌《おおづち》を高く掲げて、振り下ろそうとする。

だが、煙幕の出口で待ち構えていた俺は、それを展開していた。

「不用意な接近注意だ！」

俺は、煙幕で隠すように【放電の呪符】を狭い路地に浮かべていた。

滞空する【放電の呪符】は、接近したヒノに吸い寄せられるように何枚も張り付き、雷撃を放つ。

「なっ⁉　あいたたたたっ⁉」

雷撃を受けて【麻痺《まひ》】で動きの鈍るヒノに向けて俺は、至近距離から弓矢を構える。

「――《剛弓技・山崩し》！」

雷撃で涙目になるヒノに向かって、至近距離から強力なアーツを放った。

弓矢による強烈なノックバックで煙幕の中に押し戻されたヒノは、未《いま》だに残る【麻痺】で立ち上がることができない。

それでも高いＨＰを持つヒノはアーツの一撃では脱落しないが、それでも確実に減っており――

「これでラストだ！」

「えっ？　ちょ、なにが……」

俺は、煙幕の中にいるヒノに向かって、爆封石を投げ込み大きな爆発が煙幕を吹き飛ばす。

「やっぱり、罠《わな》を張れれば倒せるな」

バトロワのステータス補正でブーストが掛かっている状態なら、結構ミュウたちとも戦えると思う。

そして、ヒノが脱落して戦況が動く前に、俺から更に仕掛けていく。

「さて、ミュウたちが俺を倒しに来る前に、もう一人、倒させてもらうぞ！」

俺は、最後のＭＰポーションを一気に飲み干し、これまで温存していた【転移石】を上空に力一杯投げる。

バトロワ用アイテムの【転移石】は、投げたプレイヤーを転移させるアイテムだ。

ただ、その特性は、着弾した場所ではなく、転移石が投げられてから次に衝撃を受けた座標に転移する。

その仕様を知ったのは、昨夜ミュウたちと一緒に見たバトルロイヤルの迷試合のリプレイだ。

閉鎖的なトンネルのような場所で緊急回避するために【転移石】を投げたのに、うっかりトンネルの天井に当たって、転移先で天井に頭をぶつけて、大して移動もできずに攻撃を受けたり――

間違えて転移石を投げてしまい、相手プレイヤーが投擲《とうてき》物を弾こうと反射的に武器を振ったら、投げたプレイヤーが目の前に転移してきて互いに驚いている――なんて珍プレイで爆笑した。

だが、俺は、その転移石の仕様を利用する。

「空中に投げた転移石を矢で射貫《いぬ》けば、プレイヤーは高く飛ぶことができる」

【転移石】を追うように放たれた矢が、上空に高く投げられた転移石を射貫く。

瞬時に、軽い浮遊感と共に俺は、上空に投げ出される。

「――《キネシス》！」

不安定な姿勢を【念動】スキルで保ち、上空から【空の目】で下方を見下ろせば、人の動きを捉える。

足止めのゴーレムたちを倒して、俺を追いかけるルカートとその背を追うミュウとトウトビ。

そして、地上に居た俺の視界から外れるために建物の屋根に立つコハクとリレイを見つけた。

「ヒノを倒したんだ！　戦力が拮抗《きっこう》するようにもう一人倒させてもらう！　――《魔弓技・幻影の矢》！」

上空に転移し、そこから弓矢で狙われたことに気付いたコハクは、驚きで目を見開いている。

それと同時に、放たれる本体の矢とそれに追従する5本の魔法の矢がコハクに降り注ぐ。

「あかん！　――《ウィンド・シール……ぐっ⁉」

「よし、麻痺が効いた！」

咄嗟《とっさ》に防御魔法を張ろうとしたコハクだが、即興クラフトで【放電の呪符】を巻いた本体の矢が突き刺さり、雷撃と共に【麻痺】で魔法が中断される。

そして、次々と殺到する魔法の矢がコハクのHPを削り、魔法合戦でリレイの放った魔法に呑《の》み込まれて、コハクが脱落する。

「――《キネシス》！　あと４人！」

俺は、【念動】センスで落下の衝撃を抑えて遺跡の屋根に着地し、ミュウたちを見る。

残るは、ミュウとルカート、トウトビ、リレイの４人を倒せば、１位になれる。

だが、互いに魔法を抑止していたコハクが倒れたことでリレイは自由となる。

「リレイさん！　範囲魔法！　私諸共《もろとも》お願いします！」

「ふふふっ、見ていましたよ！　少々お待ちを！」

俺を追いかけていたルカートは、ヒノに続き、コハクが倒されたのを見て、リレイに範囲攻撃の指示を出す。

自分諸共、俺やミュウたちを広範囲の上級魔法に巻き込み、リレイだけを生存させて勝利するつもりのようだ。

「合理的な判断！　トビちゃん！　リレイを止めて！」

「……分かりました！」

ミュウとトウトビも俺に構う余裕はなく、リレイを妨害するために最も足の速いトウトビを先行させる。

「させませんよ！」

ルカートは、トウトビの妨害をしようとするが、その前にミュウが立ちはだかる。

「ルカちゃんは、私に付き合ってもらうよ！」

「仕方がありませんね。ですが、リレイさんの魔法の範囲内にミュウさんを留《とど》めるのも私の仕事です！」

そうして、打ち合いを始める二人を尻目に俺は、遺跡の屋根上から魔法の準備をするリレイに弓を構える。

「リレイに範囲魔法を使わせると、俺の勝ち目も消えるんだ」

リレイに向けて次々と矢を放つと、猛烈な勢いでリレイに迫るトウトビの頭上を俺の矢が追い越していく。

「ふふふっ、ユンさんとトビさん、二人の美少女から同時に狙われるなんて、中々楽しいですね」

不敵に笑うリレイは、範囲魔法の準備で他の魔法を使えないために、プレイヤースキルだけで俺が連続して放つ矢を避《よ》けていく。

　だが、全ての矢を避けきれるわけでもなく、何本かの矢を受けるが、それでも魔法は中断されない。

「……間に合いました。──《ネックハント》！」

　リレイが範囲魔法を発動する前に辿《たど》り着いたトウトビは、リレイの残りHPを刈り取るために短剣を振るう。

　低い姿勢から振るわれたトウトビの一閃《いっせん》がリレイの首を捉えるが──

「……なんで、耐えるんですか」

「ふふふっ、私の勝ちです。──《ヘルズ・ゲート》！」

　リレイが魔法を発動させると、地面に赤い軌跡が走り、そこから激しい炎が吹き出し、トウトビを呑み込む。

　地面から吹き上がる炎は、赤い軌跡を辿るように猛烈な勢いで俺の方にも迫ってくる。

「リレイも、道連れだ！」

「ふふふっ、美少女と一緒に地獄に落ちるのも乙ですね！」

　俺が最後に放った矢は、魔法の発動硬直で避けられないリレイの胸を射貫き、脱落させる。

だが、リレイが倒れてもリレイの放った魔法は中断されることなく、炎が俺を呑み込み、HPを失うと共に視界が暗く暗転する。

そして、次の瞬間には、バトルロイヤルの受付をしたあの広い空間に転移しており、先に脱落したヒノやコハクたちが俺を待っていたのだった。

終章　決闘と新たな発明

「あー、負けた～。結構、良《い》い感じで戦えてたんだけどな～」

バトルロイヤルで脱落した俺は、先に脱落したヒノやトウトビたちと一緒に、観戦モニターを見上げていた。

この試合に参加して先に脱落したプレイヤーたちの半数以上は、試合の結果を見届けずに、さっさと次の試合に挑んでこの場にはいない。

残る半数も俺たちと同じようにモニターに映る試合の結果を見届けるために観戦している。

「あーあ、煙幕の奥に罠を仕掛けてるとは思わなかった。まんまと罠に嵌《は》まっちゃった」

「うちは、まさかあんな空中からいきなり狙撃されるとは、思わんかったわ」

俺に罠を張られて負けたヒノと不意打ちで遠距離から狙い撃ちにされたコハクは、肩を落としている。

そんな二人の様子をトウトビとリレイは、苦笑を浮かべて宥《なだ》める。

「……ユンさんには、良いように場を掻《か》き乱されましたね」

「ふふふっ、劣勢の状況でヒノさんとコハクの二人を倒し、最後に私がトビさんとユンさんと相討ちしたのは熱い展開でしたね」

「そうだ。最後に、リレイがトウトビの攻撃に耐えられたのって偶然か？」

トウトビのアーツを受けて、ギリギリでHPを耐えたリレイの不可解な耐久力に俺は、その時の疑問を直接尋ねる。

「ふふふっ、バトロワ用装備の中に、HPを1で耐えるアクセサリーがあったんです。運良くそれを保険として装備していただけですよ」

リレイは、そう言ってネタ晴らしをしてくれる。

同じようにHPを1で耐える【頑丈】という追加効果を持つ【不屈の石】と言うユニークアクセサリーと似たアクセサリーがあったことに、俺もトウトビも感嘆の声を漏らす。

「あっ！　ミュウちゃんとルカちゃんが動くよ！」

俺たちがそうこう話している内に、リレイの放った炎が消えて、その中に残ったミュウとルカートが姿を現《あら》わす。

互いにリレイの炎で焼かれていたが、それも耐えて、ポーションを飲んでHPを万全の状態に戻していく。

だが、HPとMPを完全に回復した二人は、互いにバトロワ中に集めてきたアイテムをその場に捨て始めるのだ。

『おっ、まさか、アレをやるのか⁉』『アレで決着を付ける気か！』『決闘の始まりだ！』

ミュウたちの試合を観戦するプレイヤーたちからざわめきの声が聞こえ、近くにいるヒノは、興奮に目を輝かせて、これから始まることを待つ。

その一方で俺は、周囲から聞こえた単語が気になり、トウトビたちにこっそりと聞く。

「なぁ、決闘って、なんだ？」

「……決闘というのは、残り2チームになった時、最後に行《おこ》なう魅せプレイみたいなものですかね」

「そうやな。試合中に手に入れたアイテムを全部捨てて、自分のプレイヤースキルだけでタイマンで戦うやつや」

「ふふふっ、試合の最後の方は、人数差から一方的に終わる時もありますからね。観《み》る人たちを楽しませるために生まれた文化のような物ですね」

人数差が多い方は、勝者の余裕と遊び心を。

単独で残ってしまった方は、自身のプレイヤースキルを魅せるために。

まぁ、受けるも受けないも自由ですけどね、と言うトウトビたちの解説を聞く。

俺は、へぇ～と感嘆の声を上げながら、観戦モニターに映るミュウとルカートの一騎打ちを見守る。

『はぁぁぁぁっ！』

『たぁぁぁぁっ！』

二人は、小手調べと言うように正面から打ち合いをする。

その戦いは、いつかの生産ギルド主催のイベントで行なったＰＶＰ《プレイヤー・バーサス・プレイヤー》大会でのミュウとルカートの一騎打ちを彷彿《ほうふつ》とさせる。

徐々に速度と激しさを増す打ち合いではあるが、魔法剣士タイプのミュウでは、純粋な剣士のルカートに力負けして徐々に押され始める。

『やっぱり、ルカちゃんと正面切っての打ち合いは不利だから、私は私の戦い方をやらせてもらうよ！』

そう言って地面を蹴ったミュウは、ルカートを速度で翻弄し始める。

様々な角度から素早い斬撃を放つミュウに、ルカートもその攻撃に対応して剣を振るう。

『ミュウさん！　前と同じですよ！』

『なら、もっとギアを上げていくよ！』

跳躍したミュウは、ＰＶＰエリアの遺跡群の壁を蹴って、【立体制限解除】のセンスによる三次元的な動きで更にルカートを翻弄する。

『――《ライト・シュート》！　たぁぁっ！』

飛び交いながらもミュウは、微妙な時間差を付けて光魔法を放っていく。

異なる角度から来るミュウの斬撃と光魔法の同時攻撃にルカートは、防げずに少しずつダメージを蓄積させていく。

ミュウの斬撃を防げば魔法を受け、魔法を防げばミュウに斬られる。

唯一の救いは、長い硬直で動きが鈍るのを避けたミュウが低威力の光魔法を選んで攻撃している点である――

『こちらも、やられてばかりではありません！　そこです！』

『くっ、きゃっ――！』

徐々にミュウの攻撃に慣れてきたルカートは、ミュウの動きを予測して振るった斬撃を当ててミュウにダメージを与える。

『まだまだ！』

『慣れてしまえば、何度やっても同じです！　はぁぁっ！』

壁を蹴り、ルカートの頭上を飛び越えたミュウが背後に着地するのを見越して、振り返り様にバスタードソードを振り抜くが、今度はミュウがそれを上回る。

『――《エア・ステップ》！』

空中を踏んで着地のタイミングをズラしたミユウは、ルカートの斬撃を躱《かわ》す。

『なっ⁉』

『隙有り！ ――《デルタ・スラッシュ》！ 《ライト・シュート》！』

慣性を無視したような挙動で攻撃を回避したミユウは、発動の早いアーツを放ち、硬直解除後に再び跳躍して距離を取りつつ、最速で放てる下級の光魔法を牽制《けんせい》で放つ。

アーツの三連撃をその身に受けたルカートだが、牽制の光魔法を切り払い、ミユウに剣の切っ先を向け直す。

『やっぱり、ルカちゃんはこれくらいじゃ倒れないか。《マジックソード》――ソル・レイ！』

『今度は、こちらの番です！ ――《ソニック・エッジ》！』

ミユウは自身の片手剣に光魔法を籠め、ルカートはバスタードソードを連続で振るって飛ぶ斬撃を繰り出す。

ミユウに有利に働いた狭い遺跡群の路地ではあるが、逆に範囲攻撃には逃げ場が少ない場所だ。

バスタードソードから放たれる通路を埋めるような飛ぶ斬撃をミユウは、ルカートに向かって駆け出しながら、避《よ》けていく。

飛ぶ斬撃の間隔は短いが、それもスライディングで下を潜《くぐ》り、次は跳躍して空中に回避し、最後に《エア・ステップ》で空中を踏んで横に避け、遺跡の壁を足場にしてルカートに迫る。

『よく避けましたね！　ですが！　隙間のない衝撃波ならどうですか！　――《グランド・ソード》！』

ルカートが地面に叩《たた》き付けたバスタードソードから全方向に向けて放たれた衝撃波には避ける隙間がない。

既に、空中ジャンプの《エア・ステップ》を使っているミュウは、自ら衝撃波の中に飛び込むしかない。

そんなルカートの目論見《もくろみ》に対して、ミュウは楽しそうに笑い――

『――《ディメンジョン・ムーブ》！』

ミュウの姿が一瞬で消え、そしてルカートの放った衝撃波を潜り抜けて、ルカートの目の前に現《あら》われる。

『――っ!?　これも避けますか！』

『うん！　楽しかったね！　でも、私の勝ちだよ。――【リリース】《フィフス・ブレイカー》！』

ルカートは、アーツを放った硬直でミュウの攻撃を防げない。

そんなミュウは、片手剣に籠めた魔法を解放しながら、五連撃のアーツを放つ。

収束光線を纏《まと》った斬撃がルカートのＨＰを大きく削っていき、五連撃目の攻撃でルカートのＨＰが尽きて、バトルロイヤルの勝者が決定する。

『『『――おぉぉぉぉぉぉぉっ！』』』

ミュウの勝利に歓声が湧き起こり、俺たちの近くにミュウとルカートが転移して戻ってくる。

「やった！　ルカちゃんとの一騎打ちでリベンジできた！」

「ミュウさんに負けちゃいましたね。次は、負けませんよ」

二人は和やかに一騎打ちを讃《たた》え合い、そんな二人を俺たちが出迎える。

「ミュウ、ルカート、お疲れ様」

お疲れ～、とヒノたちもミュウたちを出迎えて、試合が終わったことでリザルトが表示される。

――バトルロイヤル試合結果――

順位：20位中3位（180Pt）
キル数：3人（30Pt）
合計――210Pt

「【エキスパンション・キット】の交換は、500ポイントだから、もうちょっと集めないと」

「ユンお姉ちゃん、リザルト見せて見せて！」

俺は、ミュウたちに自身の簡素なリザルト画面を見せるが、特に話すこともない。

ただ、画面の端に実績表へのアイコンがあり、そこに触れると解放できるバトロワの実績一覧が現われる。

とは言っても、初めてのバトルロイヤルなので実績が解放されているのは――1試合行なうと解放される【バトロワ初心者】という実績だけだ。

その他は、ほとんど灰色の文字で実績条件が書かれており、実績名は『？？？』で隠されている。

そんな俺たちの所に、野良《のら》で同じチームになった剣士の少年と魔法使いの少女が声を掛けてくる。

「あの！　試合、早々に脱落してすみませんでした！」

「それと、最後まで頑張って生き残ってくれて、ありがとうございます！　私たちもポイント沢山貰《もら》えました！」

二人に言われて俺はきょとんとするが、ミュウは言いたいことが分かるのか、楽しげな笑みを浮かべている。

ただ、俺が言葉の意味を理解する前に、相手が恥ずかしがったのか、小さく頭を下げて小走りに離れていく後ろ姿を見送る。

「ユンお姉ちゃん？　さっきのって同じチームだった人？」

「そう、早い段階で脱落しちゃったけど……あっ、なるほど、同じチームだから順位報酬を貰えたのか」

キル数の部分は、個人の試合内容で決まるが、順位報酬のポイントは早々に脱落してしまった二人も同じだけ貰えたようだ。

野良で偶然一緒になった二人が嬉《うれ》しそうに手に入れたポイントを何のアイテムと交換するか話しているのを見て、最後まで頑張って良かったと思う。

その一方、ルカートと一騎打ちをしたミュウは、勝負で使ったスキルを聞き出すためにコハクとヒノ、リレイに囲まれていた。

「さて、ミュウ？　最後の《ディメンジョン・ムーブ》っちゅうスキルを教えてくれへん？　うちら、ミュウがあんなスキル持ってるの初めて知ったわ」

「そうだよ！　あんな面白そうなスキルをボクたちにも隠しておくなんて！」

「ふふふっ、逃がしませんよ」

「わわっ！　そんなに慌てなくてもちゃんと説明するよ」

ミュウの使ったスキル――《ディメンジョン・ムーブ》は、一瞬で姿を消してステップ移動する【立体制限解除】センスで覚えるスキルらしい。

姿を消している間は、攻撃がすり抜ける無敵状態であるために緊急回避に使えるスキルである。

だが、無敵時間は短く、タイミングをミスったり、長期に残留するような攻撃の場合には当たってしまうそうだ。

また、スキル再発動までの待機時間も長いために連続発動ができないので、ここぞという時に使う玄人《くろうと》向けのスキルだとミュウから説明を受けた。

「次の試合は、チームを組み替えない？　次は、ユンお姉ちゃんも入れて」

「いいですね。それなら私は一回休みで、その枠にユンさんを入れますか？」

「えー、俺も少し休みたいんだけど……」

試合が終わったばかりなのに、早速次の試合に挑もうとするミュウに俺が、抗議の声を上げる。

「でも、【エキスパンション・キット】の交換分までポイント足りてないでしょ？　だから、もうちょっと頑張ろう！」

「……わかった。ただ、次は俺が一回休むからな」

早速、チームを組み替えて新しいバトルロイヤルの試合に挑んでいく。

その後、メンバーを交代しながらバトルロイヤルに挑んでいき、最終的に4試合を行《おこ》なって、目標の500ポイントを貯《た》めることができた。

最後に俺たちは、集めた500ポイントで【エキスパンション・キットⅠ】と交換し、昨日の徹夜のリプレイ動画観戦での疲れもあったために、ログアウトしてお昼寝するのだった。

●

ミュウたちとのバトルロイヤルの翌日――【アトリエール】の工房部にいる俺は、冬イベントに向けてポーションなどの消費アイテムを生産しながら一人ぼやいていた。

「【エキスパンション・キット】が手に入ったはいいけど、肝心の追加効果を決めてないんだよなぁ」

バトルロイヤルの景品で【エキスパンション・キット】を手に入れた俺だが、自作のアクセサリーに付与する良い感じ《い》の追加効果が見つからなかった。

なので、無理に適当な追加効果を付けるよりは、【エキスパンション・キット】を手元に置いておき、良さそうな強化素材を手に入れたら効果を付与しようと決めた。

「冬イベ中にもレティーアたちとクエスト受けるから、その報酬やドロップで強化素材が手に入るかもな……よし、これでお店に置く在庫用のポーションも補充できた」

一通りのイベントの準備を終えた俺は、背中に視線を感じて振り返る。

「……リゥイたち、何してるんだ？」

工房部の開け放たれた扉から顔だけを覗《のぞ》かせるようにリゥイたちが、こちらを窺《うかが》ってくる。

リゥイの頭の上にザクロが頭を乗せ、更にその上にプランも乗って縦一列で並ぶリゥイたちの顔に小さく吹き出してしまう。

だが、そんなリゥイたちは、ジッと何かを訴え掛けるように見つめてくる。

そんな中、プランが代表して俺に声を掛けてくる。

「……怒ってない？」

「怒ってるって、何を？」

「あたいたちが、スライムから逃げたこと……」

おずおずと聞いてくるプランの言葉に、リゥイたちが何を気にしているのか分かった。

リゥイたちは、スライムの粘液から逃げたことを気にしているのだ。

そんなリゥイたちの反応に、可愛《かわい》いなぁと思うが、距離を取られるのは俺が寂しいので

リゥイたちに声を掛ける。

「別に怒ってないよ」

俺が、笑いを噛《か》み殺しながらリゥイたちに伝えると、やっと近づいてくれる。

「きゅぅうっ～」

「……あの時は、逃げてごめんなさい」

俺の前にやってきたリゥイたちは、並んで俺に頭を下げてくる。

元々、リゥイたちには怒っていないので、俺は笑って許す。

「もう気にしてないよ」

俺がそう言ってリゥイたちに手を伸ばすと、逆にリゥイたちの方からグイグイと頭を押

しつけてくる。

そんなリゥイたちの仕草にも可愛いなぁと思いながら、リゥイの額の一本角が当たって地味に痛いが、それも笑えてしまう。

「俺も冬イベントの準備が一段落付いたし。仲直りも兼ねて、露店でも見に行かないか？」

「きゅきゅっ！」

「行く！　美味《おい》しいおやつ食べに行くぞー！」

さっきまで本当に申し訳なさそうな表情を浮かべていたのに、もういつも通りの顔に戻っているリゥイたちに俺も顔が緩む。

そして、リゥイたちを連れて露店に向かえば、この前のプレイヤーの自発イベントで手応えがあった屋台が定番化しており、リゥイたちと一緒に買い食いを楽しんでいると、ある露店を見つけた。

「あっ、あの人たち……」

露店の一角では、見覚えのあるプレイヤーたちがタトゥーシールや細長い紙のような物を売っていた。

「あっ、君は、トップ生産職のユンさん！」

あちらも俺に気付いて声を掛けてくるので、俺も挨拶する。

「こんにちは。確か、タトゥーシール講座のギルドの人ですよね」

「そうそう！　あの時、トップ生産職の人たちと色々なアイディアを出してくれたよね！　それを基に試行錯誤したら、タトゥーシールの種類も増えて、新しいアイテムも作ることができたんだ」

そう言って、タトゥーシール講座を開いていた生産職の青年は、露店の商品を俺に見せてくれる。

「あっ、ホントだ。前まで無かった種類が増えてる」

「君が開発した属性インクで作ったタトゥーシールだよ。今まで失敗してたデザインやOSO内のオブジェクトの紋様を属性インクで描いて成功した物を販売してるんだ！」

新たに開発されたタトゥーシールは、俺が即興で作った物とは異なり、使われた素材や紋様が厳選され、効果も非常に高い物になっている。

「へぇ、結構使えそうなのが増えたんですね」

前は、装備重量が小さいが効果も低い装備ジャンルだったタトゥーシールだが、改良された結果、限定的な状況でのお手軽な対策装備になっている。

例えば、炎熱耐性や寒冷耐性などの環境ダメージから身を守るタトゥーシールなんかがある。

また、タトゥーシールと一緒に並べられるように、二種類の異なる縦長の紙に紋様が描かれた物が目に入る。

一つは御札《おふだ》のような柔らかな紙を使い、もう一つはトランプのような厚紙のカードにそれぞれ紋様が描かれており、俺の視線に気付いた生産職の青年が説明してくれる。

「このアイテムが気になるのかい？　これは、紙系のアイテムに魔法のインクで紋様を描いて作る呪符ってアイテムだよ」

「その……つい最近、似たようなアイテムを見たので。バトロワの【放電の呪符】ってアイテムなんですけど……」

俺がそう説明すると、生産職の青年は苦笑を浮かべつつもその通りだと頷《うなず》く。

「まさにそれを参考に作ったんだよ。【放電の呪符】に描かれた紋様が今まで調べた紋様の意味とも合致したからね。それに紋様の配置パターンも把握したから、それに合うように別の紋様を当てはめて種類を増やしたんだ」

呪符には、【放電の呪符】を参考にしたお札タイプと生産職の青年たちのオリジナルであるカードタイプが用意されていた。

お札とカードの呪符には、マジックジェムのような攻撃用と対応する属性のバフが得られる補助用の二種類が、六属性ごとに売られている。

ただ、タトゥーシールほどまだ洗練されていないのか、呪符に使われる紙の種類や作り方、紋様の組み合わせなどで性能が変わり、まだまだ発展途中のアイテムらしい。

「凄《すご》いですね」

「いや、まだまだだよ。でも、ギルドの面々も新しい紋様探しのために積極的にオブジェクトやアイテム探しの冒険に出るから、前よりギルドの雰囲気がいいんだ」

俺が素直に賞賛の言葉を贈ると謙遜しつつも生産職の青年は、楽しそうに自分たちのことを語ってくれる。

「君たちのお陰でタトゥーシールの新しい可能性が見えたんだ。これは、そのお礼だよ！」

そう言って、露店に並べられていた汎用的なタトゥーシール数枚と呪符一式を俺に手渡してくれる。

「えっと……いいんですか？」

「もちろんだ。ぜひ、使ってみて」

タトゥーシールと呪符一式を受け取った俺は、露店から見送られる。

「貰《もら》っちゃった……でも、エンチャントや魔法薬、属性軟膏《なんこう》なんかと効果が重複するか検証する必要があるかも」

俺は、受け取った呪符の中でも補助系の呪符を見ながらそう考える。

「それじゃあ、これから町の外に出て狩りするの？」

買い食いしたお菓子を呑《の》み込んだプランがそう聞いてくるので俺は、自身のステータスを見ながら考える。

「冬イベの準備はもう終わったし、検証がてら軽く呪符の使い心地を試してみるか……あれ？　ちょっと待て」

俺は、センスステータスを見ながら、あることに気付く。

「……最近、あんまりレベルが上がってない」

ここ1ヶ月ほど、冬イベの準備として【エキスパンション・キット】を集めていたが、あまりガッツリとした戦闘をした記憶がない。

マギさんたちと鉱山ダンジョンを訪れた際は、戦ったとしても適正レベルより弱い敵ＭＯＢが多かった。

最深部のミノタウロスとの戦闘も格上相手であるが、短時間だったために経験値もあまり得られなかった。

それにミュウたちが巨大スライムと戦うのを観戦しに行った時は、樹海エリアの敵ＭＯＢの相手を少しした程度だ。

バトルロイヤルに関しては、そもそも経験値の入らない場所だった。

生産系のセンスはレベルが上がっているが、戦闘系センスのレベリングを疎《おろそ》かにしていた気がしてきた。

「よし、予定変更！　これからイベント前の悪足掻《わるあが》きでレベリングしに行くぞ！」

「了解！　あたいたちも手伝うよ！」

「きゅきゅっ！」

俺の掛け声と共にザクロとプランが元気よく返事をする。

リゥイだけは、ヤレヤレと言った感じで首を振りつつも付き合ってくれるようだ。

俺は、リゥイたちと共に町中にあるポータルを目指しながら、自身のレベリングに適した場所はどこだったか、と思い出しながら歩く。

イベントの準備期間は流れていき、もうじき待望のＯＳＯの冬イベントが近づいてくる中、最後の追い込みを掛けるのだった。

—ステータス—

NAME：ユン

武器：黒乙女《くろおとめ》の長弓《ながゆみ》、ヴォルフ司令官の長弓

副武器：マギさんの包丁、肉断ち包丁・重黒《じゅうこく》、解体包丁・蒼舞《そうぶ》

防具：C　S《クロード・シリーズ》　№6オーカー・クリエイター（夏服・冬服・水着）

アクセサリー装備容量（6／11）

・フェアリーリング（1）

・身代わり宝玉の指輪（1）

・射手の指貫《ゆびぬき》（1）

・神鳥竜のスターバングル（3）

予備アクセサリーの一覧

・夢幻の住人（3）

・園芸地輪具《エンゲージリング》（1）
・土輪夫《ドワーフ》の鉄輪（1）
・ワーカー・ゴーグル（2）

所持　SP《センス・ポイント》65
【長弓Lv53】【魔弓《まきゅう》Lv50】【空の目Lv51】【看破Lv56】【剛力Lv30】【俊足Lv50】【魔道Lv48】【大地属性才能Lv36】【錬成Lv32】【潜伏Lv17】【付加術《ふかじゅつ》士Lv31】【念動Lv22】

控え
【弓Lv55】【調薬師Lv54】【装飾師Lv18】【調教師Lv27】【料理人Lv30】【泳ぎLv26】【言語学Lv29】【登山Lv21】【生産職の心得Lv43】【身体耐性Lv5】【精神耐性Lv15】【急所の心得Lv20】【先制の心得Lv21】【釣りLv10】【栽培Lv27】【炎熱耐性Lv12】【寒冷耐性Lv4】

・生産職の自発イベントで悩める生産職に導きを与え、生産職としての知名度が上がった。
・レティーアたちと組んで冬のクエストチップイベントに挑む約束をした。

・鉱山ダンジョン4階層で手に入れた【エキスパンション・キットI】で防具を強化した。
・錬金術師クエストを達成し、【アトリエール】に錬金釜と分解炉が導入された。
・ミュウたちと共にバトルロイヤルＰＶＰ《プレイヤー・バーサス・プレイヤー》で競い合い、獲得したポイントで【エキスパンション・キットI】と交換した。（現在、使用を保留中）

あとがき

初めましての方、お久しぶりの方、こんにちは。アロハ座長です。

この本を手に取って頂いた方、担当編集のOさん、作品に素敵なイラストを用意してくださったmmu《エムエムユー》様、また出版以前からネット上で私の作品を見てくださった方々に多大な感謝をしております。

OSOシリーズは、現在ドラゴンエイジにて羽仁倉雲《はにくらうん》先生作画によるコミカライズ版を掲載しております。コミカルでキュートなコミック版のユンたちの活躍や可愛《かわい》い姿を見ることができます。

OSO22巻は、ユンが高難易度のソロクエストを終え、12月の冬イベントを控えた時期の息抜き巻でしたが、楽しんで頂けたでしょうか。

作者個人としては、以前からやりたいと思っていたPUBGやAPEXのようなバトルロイヤル系PVPをOSOの世界でやることができて良かったです。

銃火器で遠距離から撃ち合うバトルロイヤルをファンタジー系アクションRPGに落とし込むのには、非常に頭を悩ませました。

ですが、十分に楽しそうだと思わせる内容を描けたのではないかと思います。

ただ、これはあくまでOSOでのバトルロイヤルの叩《たた》き台《だい》です。

ここから新しいルールやフィールド、アイテムなどを追加して、何度でも楽しみたいバトロワを作ることもできるでしょう。

バトロワ以外にも引き続き、色んなゲームの楽しい要素をOSOの世界に反映できるように頑張りたいと思います。

これからも私、アロハ座長をよろしくお願いします。

最後にこの本を手に取って頂いた読者の皆様に、改めて感謝を申し上げます。

二〇二三年　三月　アロハ座長

お便りはこちらまで

〒一〇二‐八一七七
ファンタジア文庫編集部気付
アロハ座長（様）宛
mmu（様）宛

富士見ファンタジア文庫

Only Sense Online 22
―オンリーセンス・オンライン―
令和5年4月20日　初版発行
令和6年6月15日　再版発行

著者――アロハ座長《ざちょう》

発行者――山下直久
発　行――株式会社KADOKAWA
〒102-8177
東京都千代田区富士見2-13-3
0570-002-301（ナビダイヤル）
印刷所――株式会社KADOKAWA
製本所――株式会社KADOKAWA

ISBN978-4-04-074691-3 C0193 ◆◇◇

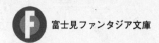

切り拓け！キミだけの王道
ファンタジア大賞
原稿募集中！
賞金
《大賞》300万円
《金賞》50万円
《銀賞》30万円
選考委員
細音啓「キミと僕の最後の戦場、あるいは世界が始まる聖戦」
橘公司「デート・ア・ライブ」
羊太郎「ロクでなし魔術講師と禁忌教典《アカシックレコード》」
ファンタジア文庫編集長
前期締切 8月末日
後期締切 2月末日
公式サイトはこちら！ https://www.fantasiataisho.com/
イラスト／つなこ、猫鍋蒼、三嶋くろね